15

這晚，乾隆到了寶月樓。他已經打定主意，要降服含香。一進門就嚷：

『香妃，今天朕讓人送來吐魯番葡萄，妳吃了嗎？』

含香行回族禮，答道：

『謝皇上賞賜的吐魯番葡萄和哈密瓜，因爲來自家鄉，都捨不得吃！』

『傻瓜！』乾隆興致高昂的說：『那些水果，就吃一個新鮮。雖然是快馬加鞭，從新疆運來，可是，路遠迢迢，路上還是耽擱了好些日子，已經沒有剛摘下來那麼新鮮了。妳再放著，捨不得吃，豈不是要腐爛了嗎？快！拿出來吃吧！朕陪妳吃！』

『是！』含香回頭對維娜吉娜說：『去拿來！』

維娜吉娜去拿水果。乾隆就走到含香身邊，伸手去拉她的手。柔聲的問：

『這些日子，還想家嗎？』

含香輕輕一閃，像是跳舞一樣，閃開了乾隆。乾隆的手拉了一個空。但是，他也不生氣，好脾氣的說：

『朕已經下令，要爲妳建一座伊斯蘭教的禮堂，等到建好了，妳就可以去禱告了。朕也下令，給妳建一個回族營，遷一些妳的同鄉們來住，那麼，妳就不會這麼寂寞了！朕知道妳還有兩個哥哥，乾脆把他們都遷到北京來，如何？』

『謝謝皇上這麼費心！哥哥們都已經結婚，有了家眷，恐怕不能來！皇上的一片苦心，含香心領了！』

乾隆再伸手去拉她：

『過來一點，朕不會吃了妳！』

含香又一閃，再度閃開了他。這次，乾隆有些惱怒了，卻按捺著。

維娜吉娜端了葡萄和哈密瓜出來，放在桌上。

乾隆走過去，摘了一顆葡萄，自己吃了。

『嗯，確實很甜！』乾隆說：『朕聽說新疆有一句話：「吐魯番的葡萄哈密瓜，新疆的女兒一枝花！」今天，朕吃著吐魯番的葡萄，看著新疆的美女，還聞著這股幽香，朕才深深的體會這兩句話，實在不是誇張！』就再摘了一顆，送到含香嘴邊去：『妳也吃一顆看看！別給朕吃光了！』

含香被動的吃了。乾隆感到異香撲鼻，醺人欲醉，不禁心動。

『從來沒有一個妃子，進門到今天，這麼久了，朕還不能接近的！』乾隆咬牙說，就猝然一把把含香拉進懷裡：『今晚，不管妳願不願意，朕要讓妳這個妃子當得名副其實！』

含香大驚，急忙掙扎。喊：

『皇上！請放尊重一點！你說過，不會勉強我！阿拉真神在上面看著呢！』

『讓祂看吧！朕相信妳的阿拉真神，已經見多了男歡女愛！』

含香拚命掙扎。

『放開我！放開我！』就用回語對維娜吉娜喊了一句什麼。

維娜、吉娜明白了，立刻轉身，奔了出去。含香盯著乾隆，哀求的說：

『皇上，含香進宮以來，對皇上充滿了敬佩，覺得你是個頂天立地的人物，希望你不要破壞了我這個印象！』

『妳的話說得很好聽，可是，朕對於這些空話，已經沒有興趣了！』乾隆就用力把她壓進懷裡，眼光炯炯的看著她，咬牙切齒的問：『告訴朕，妳還在想那個回人嗎？那個人，還活在妳心裡嗎？』

含香勇敢的回視著乾隆。低而清晰的回答：

『是！他還活在我心裡！』

乾隆沒料到她答得這麼直截了當，氣壞了，一反手，用手背揮了她一耳光。含香摔落在地，嘴角溢出一絲血跡。她用手拭去血跡，仍然一瞬也不瞬的看著乾隆。眼裡，閃耀著一種『威武不能屈』的光

芒。

『你可以打我，可以殺我，可以佔有我……你就是沒有辦法，把他從我心裡趕走！他永遠活在那兒，像天山一樣，無法移動！』

乾隆氣得臉色發青。大聲一吼：

『妳膽敢跟朕說這種話！妳把朕看成什麼了？』

『我把你看成一個英雄！記得你說過一句話，如果在這種情勢下佔有了我，你和一個強盜土匪，就沒有什麼兩樣！我認爲，你不會輕易讓自己變成強盜土匪！』

乾隆老羞成怒了：

『妳放肆！朕不在乎當不當英雄，如果朕沒有辦法趕走妳「心裡」的人，朕只好退而求其次，要了妳這個人！』

乾隆說著，就撲了過來。含香跳起身子，滿屋子閃躲。

就在這種情形下，門外，有太監高喊：

『還珠格格到！紫薇格格到！』

乾隆大驚，還沒回過神來，小燕子和紫薇已經衝進門來。

紫薇手裡，抱著她的琴。一進門就大聲喊著：

『香妃娘娘，妳說要和我一起彈琴，我把我的琴帶來了！』她猛然煞住步子，故作驚奇狀：『哎！

皇阿瑪！你也在這兒！』

小燕子嘻嘻哈哈的奔過來，驚喊：

『哎呀！有葡萄！我好久沒有吃葡萄了！』摘了一顆放進嘴裡：『好吃好吃！皇阿瑪，你真不夠意思，有好東西吃，也不通知我一聲，一個人悄悄的吃。這麼好吃的葡萄，我從來都沒有吃過！你明明知道，我最愛吃了！』

乾隆被紫薇小燕子這樣一鬧，又驚又怒，卻不好發作。生氣的問：

『妳們兩個丫頭，懂不懂禮貌？要進房間，先要看看狀況，這畢竟是妃子的房間，朕在這兒，妳們就該迴避一下！』

小燕子睜大眼睛，一股天真無邪的樣子，問：

『爲什麼？每次我去令妃娘娘那兒，你也沒有要我迴避！而且，是你自己說的，要我們常來陪陪香妃娘娘！』

乾隆被塞住了口，氣得掀眉毛瞪眼睛。

含香驚魂未定，站在遠遠的一邊。

紫薇抱著琴過來，對乾隆福了一福：

『皇阿瑪！你不要生氣，我們和香妃娘娘，練了一首歌，是用回族樂器，和這把琴合奏出來的！我們唱給你聽！唱完了，我們兩個立刻「迴避」，好不好？』

乾隆還沒說話，小燕子就不由分說的拉著乾隆，走到桌前。嚷著說：

『來來來！你坐這裡。我們兩個格格，一個妃子，為你表演！這可是「千載難逢」啊！』說完，自己驚喊起來：『皇阿瑪！我用了一個成語！是不是？一個成語耶！「千載難逢」！沒有用錯對不對？我學會成語了！值得獎勵吧！你就獎勵我一下，聽我們唱歌！我現在好想唱歌！』

乾隆被攪得頭昏腦脹，啼笑皆非。只得坐下，心煩意躁。

紫薇拉了含香過來，三個女子，就彈琴的彈琴，打鼓的打鼓，彈回族樂器的彈回族樂器，大家看著乾隆，開始唱一首歌：

『當山峰沒有稜角的時候，當河水不再流，當時間停住，日夜不分，當天地萬物，化為虛有，我還是不能和你分手，不能和你分手！你的溫柔，是我今生最大的守候……』

乾隆不由自主，被這歌聲吸引住了。

『當太陽不再上昇的時候，當地球不再轉動，當春夏秋冬，不再變換，當花草樹木，全部凋殘，我還是不能和你分手，不能和你分手！你的笑容，是我今生最大的眷戀！』

三人唱著，心裡各有所愛，每個人眼裡，都綻放著光彩。

『讓我們紅塵作伴，活得瀟瀟灑灑，策馬奔騰，共享人世繁華！對酒當歌，唱出心中喜悅，轟轟烈烈，把握青春年華……』

歌聲中，小燕子和紫薇似乎都看到自己，和永琪、爾康馳騁在草原上。含香也看到自己，正和蒙丹

馳騁在草原上。

『讓我們紅塵作伴，活得瀟瀟灑灑，策馬奔騰，共享人世繁華！對酒當歌，唱出心中喜悅，轟轟烈烈，把握青春年華……』

一曲既終，三人的眼裡都亮晶晶，三人的臉頰都是紅潤的。

乾隆眩惑了，看著三人，被這歌聲帶進一種自己也不瞭解的感動裡。

紫薇放下琴，起身，對乾隆屈了屈膝：

『我們獻醜了！』

『很美的歌，誰譜的詞？』

『是我！』紫薇說。

『好一個「讓我們紅塵作伴，活得瀟瀟灑灑，策馬奔騰，共享人世繁華！」讓朕也深深撼動了！但願，朕也有這樣一個紅塵知己！』乾隆不禁心嚮往之。

紫薇凝視著乾隆，語氣懇切的說：

『皇阿瑪不是有了令妃娘娘嗎？還有好多娘娘，都是皇阿瑪的紅塵知己啊！包括……我那個等了一輩子的娘！』

乾隆一震，如同被當頭打了一棒。

紫薇深深的凝視著乾隆，用充滿感性的聲音，繼續說道：

『歐陽修說得好：「人生自是有情痴，此恨不關風與月！」有些事情，是「身不由己」，有些事情，是「心不由己」！我想，人類最沒有辦法勉強的事，就是感情了！』

乾隆瞪著紫薇，體會到紫薇的言外之意，十分震撼。這才瞭解，紫薇和小燕子，是特地趕來給香妃解圍的！

紫薇和乾隆對視了片刻，乾隆終於站起身來，感到有些狼狽了。對香妃那股『佔有慾』，也被紫薇和小燕子打斷了。再看了含香一眼，只見她亭亭玉立，楚楚可憐，和紫薇小燕子站在一起，像是姐妹一樣。他什麼情緒都沒有了，嘆口氣說：

『妳們去唱歌，跳舞，談心吧！朕不在這兒妨礙妳們了！』說完，掉頭而去。小燕子和紫薇急忙送到門口。高聲說：

『小燕子、紫薇恭送皇阿瑪！』

紫薇和小燕子眼看乾隆走遠了，這才轉身。含香走來，感激的緊握住兩人的手。大家都呼出一口氣來。但是，三個姑娘心裡都很明白，這種莽撞的『解圍』辦法，可一而不可再！下一次，不見得會有這麼好的運氣。何況，下一次之後，還會有下下一次！下下一次之後，還會有再下一次……三人眼裡，就都是隱憂重重了。

爾康知道，紫薇雖然原諒了他，對他又甜蜜如初了。但是，紫薇心裡的陰影，仍然存在。晴兒像是

一塊烙鐵一樣，烙在她的心版上，一定時時刻刻，讓她燒灼痛楚著。自從和紫薇冷戰以後，他也仔細想過，如果易地而處，是紫薇有了另一個論及婚嫁的人，他會怎麼樣？這個想法，就讓他驚得一身冷汗。將心比心，紫薇情何以堪？爾康知道他不能遲疑了，一定要快刀斬亂麻，解決這件事！他再也不要讓紫薇傷心了，再也不能讓她流淚了。

這天，在御書房，他終於求見了乾隆。

『爾康，你有什麼事要和我單獨談？』

爾康正視著乾隆，恭敬而誠摯的說：

『皇上！臣懇求皇上，取消上次的提議，臣不能誤了晴格格，再負了紫薇！如果讓我同時擁有她們兩個，一定不是我的幸福，更不是晴兒和紫薇的幸福，請皇上明察！』

乾隆很驚訝，看著爾康，問：

『是不是你已經和紫薇談過了？聽說，前幾天紫薇和小燕子喝得大醉，還把慈寧宮鬧得人仰馬翻，是不是爲了這件事？』

『都是臣的罪過！』爾康慚愧的承認了。

乾隆一驚，一臉的不可思議：

『紫薇那麼柔順，難道就沒有容人的氣度？』

『皇上！紫薇的不能「容人」，正是臣最「感動」的地方。請皇上成全我和紫薇這份「不容侵犯」

的感情，讓我們彼此都能「忠於對方」吧！』

乾隆眉頭一皺，不以爲然的看著爾康：

『爾康！你是堂堂的男子漢啊！不要被兒女私情，磨光了男兒氣概！「忠實」是女子對男子的事，不是男子對女子的事！』

爾康堅定的回答：

『臣以爲，男人跟女人是一樣的，都希望得到一份專一的感情。專情是對感情的認真和負責。我對紫薇非常認真，願意對她永遠負責，這完全不影響我的男兒氣概。我知道，所有的王孫公子都有三妻四妾，我也明白，皇上認爲我太感情用事。但是，我真的很想爲紫薇做一個不一樣的男人！請皇上支持我！』

乾隆怔住了，覺得爾康的話非常稀奇，簡直有點匪夷所思。

『你的思想太新奇了，朕一時之間，實在有些不能適應。專情只是人類的理想境界，真要實行起來，就太難了！』乾隆深思了一會兒，抬頭說：『或者，朕也應該尊重你這種想法吧！總之，朕明白了，就是紫薇不能接受這件事。也罷，這只是朕的一個提議，如果你們都反對，朕也不能勉強。這事就先壓在那兒，讓朕仔細的想一想，慢慢再說吧！』

爾康這才鬆了一口氣，對乾隆一拱手：

『謝皇上恩典！』

爾康心裡的一塊大石頭，總算暫時落了地。他又控制不住自己了，馬上去漱芳齋找紫薇。正好永琪也在漱芳齋，四個人就聚在一塊兒。爾康看看没外人，就拉住了紫薇的手，說：

『皇上已經答應了我，把晴兒的事壓下去，暫時不談了！』

紫薇眼睛一亮。接著，又憂愁起來：

『只是暫時「壓下去」，還是要談的，對不對？』

『只要皇上肯暫時壓下去，我們就一切都有希望！』爾康說：『我們的感情，我們的思想，我們的觀念，皇上都不見得瞭解，我們要給他時間，讓他瞭解。所以，先緩和一下再說！最重要的，是妳不可以跟我再生氣了，妳一生氣，我就章法大亂了！』

金瑣聽了，好開心，倒了茶過來。對爾康一福，笑著說：

『爾康少爺，請喝茶！是小姐爲皇上準備的茶葉，我忍不住偷了一些來，特地泡給你喝！』

『難道我都没有一杯嗎？』永琪插嘴。

『有有有！我再去泡！』金瑣笑著喊。

『還有我的！那有泡茶只泡一杯的，太小器了吧！』小燕子嚷著。

金瑣好脾氣的笑著：

『有有有！每個人都有！好了吧？』

金瑣笑著跑走了，紫薇看著如此快樂的金瑣，又發起呆來。

爾康就急急的對紫薇說：

『金瑣的事，也只好放在心裡，先壓著！說不定有一天，她自己會突然醒覺，發現還有一個自我！我們現在冒昧的說，只怕傷了她的自尊！』

紫薇拚命的點頭。

小燕子已經忍不住，跑了過來喊：

『你們不要晴兒金瑣的攪和不完了，也管管含香好不好？我覺得，你們的事還不急，急的是含香！你看，皇阿瑪隨時都會去寶月樓，對含香已經越來越沒有耐心了！這樣下去，皇阿瑪遲早會砍她的頭！我們也不能每次趕過去唱歌跳舞的鬧一場！如果沒有趕到怎麼辦？』

永琪深有同感，點頭說：

『蒙丹已經急得快發瘋，眼看也要按捺不住了！我想，我們還是按照計劃去準備一切，都準備好了，才能隨機應變！』

爾康深思起來，說：

『可是……還有個問題，上次，蒙丹說，香妃身上有香味，所以非常容易追捕！』他看看紫薇和小燕子：『妳們有沒有辦法，把這個香味去掉？如果身上帶著特殊的香味，什麼計劃都不能實行！太危險了！』

紫薇和小燕子面面相覷。異口同聲的喊：

『把香味去掉？』

當天，紫薇和小燕子就找到了含香，大家在御花園裡，一面散步，一面深談。

『把香味去掉？』含香看著兩人，嘆口氣說：『妳們以爲我不想去掉嗎？以前，和蒙丹私奔的時候，想了各種辦法，就是去不掉！蒙丹還曾經拿了各種香精，讓我塗在身上，可是，原來的那股香味，還是遮不掉！』

小燕子拚命吸氣。聞著含香身上那股幽香。

『這是一種花的味道。』

『不是一種花的味道，是好多種花混合的味道。』紫薇也拚命吸氣。

『最糟糕的是，如果我一跑，或是運動之後，香味會更重。冬天還好，春天或者夏天的時候，連蝴蝶都會飛來！追捕我的人，只要看到蝴蝶成群的飛，追過來就沒有錯了！』

『真的呀？我聽蒙丹說過，可是沒有看過，還是有點不相信！』小燕子說。

『那麼，我表演給妳看！』

含香說著，就在草地上，拚命的旋轉，飛舞。她白色的衣裳紗巾，也跟著飛舞，煞是好看。她轉了一會兒，停住。攤開雙手。

像是奇蹟一般，先是有一隻兩隻的蝴蝶飛來，接著，就有成群的蝴蝶飛來，繞著含香飛舞。

小燕子看呆了，驚呼起來：

『啊……啊……太美了！我不相信！我不相信！』

小燕子伸手去抓蝴蝶。紫薇也看呆了，喊：

『簡直不可思議！』

含香就一手拉著小燕子，一手拉著紫薇，讓她們兩個站在自己身邊。

『妳們站著不要動！蝴蝶也會飛到妳們身上來！』

紫薇和小燕子，就一邊一個，站在含香身邊。

含香平攤雙手。紫薇和小燕子也跟著學。

蝴蝶不斷不斷的飛來，繞著三人起舞，有些蝴蝶停在小燕子頭髮上，有一隻停在含香手心上，有幾隻停在紫薇肩膀上。

遠遠的，乾隆帶著宮女太監走來，看到這種景象，站住，驚呆了。

宮女太監們，都圍過來看。全部看得目瞪口呆。

爾康和永琪經過，看到大家圍在這兒，也走過來看。兩人都看傻了。

『真是百聞不如一見！太奇妙了！』永琪對爾康驚嘆的說。

爾康看看乾隆，只見乾隆目不轉睛的盯著含香，看得入迷了。那種眼神，爾康是深深瞭解的。他愛死含香了！尤其，這個會和蝴蝶一起飛舞的含香！爾康再看看四面圍攏的嬪妃、宮女、太監們，心裡浮

起了不安。他低聲對永琪說：

『太引人注意了！只怕會有後患，紫薇她們太疏忽了！』

永琪心裡一驚，看看乾隆，暗暗點頭。

含香發現大家都在看，手一揚，蝴蝶紛紛散去了。

乾隆忍不住鼓起掌來，衆人就掌聲雷動。含香趕緊行禮：

『皇上！』

乾隆震撼的說：

『這種美麗，真讓朕大開眼界！』他的眼光，簡直無法從含香臉上移開：『怪不得，阿里和卓把妳看成國寶，妳真是一個絶無僅有的珍寶呀！』就大笑了起來：『哈哈！不管這個寶貝多麼複雜……朕還是太有福氣了，因爲能夠擁有妳！』

紫薇一驚，和爾康對看了一眼，知道自己做錯了，實在不該讓含香表演！

爾康、永琪、紫薇、小燕子回到漱芳齋，房門一關。爾康就著急的說：

『這個奇景，實在讓人太震撼了！但是，妳們爲什麼要讓香妃表演？妳看，皇上好像得到寶貝一樣，這一來，他更加不會放掉香妃了！』

永琪也嚷著：

『就是嘛！要知道「匹夫無罪，懷璧其罪」！香妃就是因爲有這個天賦，才會受這麼多的苦！現在又露這樣一手，實在是弄巧成拙！』

小燕子被永琪的成語弄得糊裡糊塗，聽得一頭霧水外帶不服氣，嚷著說：

『什麼「皮膚無罪」？是不是「皮膚」的問題我們根本不知道，就算是「皮膚」散發出來的香味，跟有罪沒罪有什麼關係呢？本來就「無罪」嘛！』

『天啊！』永琪喊。

『又叫天了！好嘛，都是我不好，含香是表演給我看，怎麼知道皇阿瑪會過來？算我「皮膚有罪」好了！』小燕子說。

『不要研究妳的皮膚有罪沒有罪了！妳們研究過沒有，能不能去掉這個香味呢？』爾康問。

『含香說，以前已經用過各種方法，都去不掉！』紫薇洩氣的回答。

『那怎麼辦？』

『吃大蒜有沒有用？』金瑣建議：『蒜味很重，說不定可以遮掉香味！連吃一個月的大蒜試試看！』

『妳要讓「香妃」變成「臭妃」嗎？』小燕子嚷。

大家忍不住笑了起來。

『我想，那個香味，與生俱來，不是任何味道可以遮掉的！』紫薇說。

小燕子滿房間走來走去，想辦法。忽然眼睛一亮。轉著大眼珠說：

『我想到一個辦法，我們不要一直動腦筋去掉香味，我們增加香味總可以吧？』

『怎麼增加香味？』永琪聽不懂。

『紫薇，金瑣！』小燕子興沖沖的喊：『我們三個從明天起，去採很多花瓣來，泡在洗澡水裡面，我們就泡花瓣澡，把每個人泡得香香的！然後，到了「大計劃」實行的那一天，我們和含香一起出門，分成四個方向跑……那不是等於有四個香妃了嗎？我們繞著北京城，東一個香妃，西一個香妃，到處都香，把追兵累死！』

大家聽了，你看我，我看你。爾康不禁點頭，讚許的說：

『說不定這是個好辦法！』

永琪也點頭，欣賞的看著小燕子：

『有點創意！小燕子畢竟聰明！』

爾康和永琪這樣一讚美，小燕子好得意。紫薇卻非常懷疑，說：

『含香的香，不是普通花香。這個「花瓣澡」能夠造成什麼效果，我也有點懷疑，不要再弄巧成拙！』

小燕子興奮的喊：

『怎麼這也「成拙」，那也「成拙」！不會不會啦！這樣吧，我先來做試驗，如果我的試驗成功

了，妳們再一起做，行了吧？』

接下來的幾天，漱芳齋裡的人，全部忙著採花瓣。把御花園裡所有的花，全部採得光光的。小卓子和小鄧子還溜到附近幾個著名的庭園裡，採了一大堆奇花異草來。

然後，小燕子泡了一整夜的花瓣澡。紫薇、金瑣、明月、彩霞都圍著澡盆，幫小燕子『加香』，把花瓣在她身上搓著揉著。

『妳要怎麼證明，妳和香妃一樣香呢？』紫薇問。

『我明天一早，就去花園裡引蝴蝶！』小燕子說：『如果蝴蝶飛來，那就表示我成功了，如果蝴蝶不來，那就表示實驗失敗！』

泡了一整夜的花瓣澡，小燕子確實變得香噴噴。

第二天一早，小燕子就到御花園裡去實驗引蝴蝶。

爾康、永琪那麼關心這個實驗的結果，兩人也一早就到御花園來旁觀。漱芳齋裡的人，大家萬衆一心，是『一家人』，全部跑來，要看小燕子引蝴蝶。

小燕子選了花園的一隅，站在草地上。學著含香，平攤著雙手。

四面一隻蝴蝶也沒有。紫薇說：

『妳先要跳舞，學香妃轉一轉看！』

小燕子就學著香妃，又跳舞，又旋轉。轉得高興，還飛身而起，在地上翻觔斗，倒立行走，表演特技。永琪趕緊說：

『好了好了！妳別弄得一身汗，把好不容易泡的花瓣澡給洗掉了！』

『是呀！是呀！人家那個香味是從內而發，妳的是從外面加上去的！夠了！不要再表演特技了！』紫薇也喊。

小燕子就站好，面有得色，雙手平攤。

有些宮女和太監就圍了過來，看到小燕子也在引蝴蝶，個個驚奇，竊竊私語。

大家屏息觀望。四周靜悄悄。

『一隻蝴蝶也沒看到啊！』金瑣失望的說。

『再等一等看！』彩霞說。

『她泡夠沒有？會不會不夠香？』爾康問。

『花瓣都用了好幾籃！』紫薇說：『如果再不夠香，那也沒辦法了！』

小鄧子和小卓子交頭接耳：

『我看是不靈！』小鄧子說。

『我看也不靈！』小卓子說。

小燕子見蝴蝶遲遲不來，有些懊惱，大聲喊：

『你們不要吵，安靜一點！蝴蝶都被你們吵得不敢來了！』

『是！』紫薇笑了，看眾人：『大家安靜，安靜！要不然試驗失敗了，是大家的責任！』

大家都低低笑著，不敢說話，都盯著小燕子看。

小燕子閉上眼睛，非常虔誠的平攤著雙手，嘴裡唸唸有辭：

『天靈靈，地靈靈，我是花仙子轉世，蝴蝶姑娘趕快來……天靈靈，地靈靈，我是花仙子轉世，蝴蝶姑娘趕快來……』

空中有一種細微的『嗡嗡』聲傳來。大家東張西望。

『好像有動靜了！』永琪說。

『真的有動靜了！』紫薇說。

爾康瞪眼一看，脫口驚呼：

『確實有動靜了！』

大家全部抬頭，跟著那『嗡嗡』聲看去，卻大驚失色的發現，空中，成群結隊的蜜蜂正『蜂擁而來』。

『哎呀！不好！』金瑣驚喊：『蜜蜂！蜜蜂！我的媽呀！是蜜蜂呀……』

小燕子急忙睜開眼睛，只見蜜蜂已經黑壓壓的罩在頭頂。

『蜜蜂！怎麼來的是蜜蜂……』小燕子尖叫。

永琪大喊：

「小燕子！逃呀……」

圍觀的宮女們和太監們驚喊著，四散奔逃。小鄧子、小卓子、明月、彩霞、金瑣全體抱頭鼠竄。小燕子伸手揮舞，拚命要趕走蜜蜂，狼狽的喊著：

「不要螫我，不要螫我……我不是花，不是花仙子，我是小燕子……天靈靈，地靈靈，我不當花仙子了！救命啊……」

小燕子張牙舞爪的趕蜜蜂，蜜蜂卻越來越多。小燕子沒轍了，拔腿就逃，蜜蜂追趕在後。小燕子東跳西跳，蜜蜂依舊窮追不捨。小燕子就像火車頭般在御花園裡橫衝直撞，蜜蜂也如影隨形的追著她。

爾康、永琪、紫薇都驚愕得張大眼睛，追在後面。大家七嘴八舌的喊：

「小燕子……快逃……快逃……」

永琪看到許多蜜蜂都叮到小燕子臉上去了，急壞了，大喊：

「小燕子，用衣服把頭蒙起來……」

小燕子那裡還顧得到蒙頭，逃都來不及。永琪看看不行，就脫下自己的背心，飛身而起，竄過去蒙住小燕子的頭。

整個御花園裡，奔逃的奔逃，追趕的追趕，驚喊的驚喊……加上嗡嗡亂飛的蜜蜂，簡直是個奇觀，亂成一團。

16

結果，小燕子被螫了滿頭包，好生悽慘。

好不容易擺脫了蜜蜂，小燕子回到漱芳齋，躺在一張大躺椅中。痛得眼淚直流，不住口的呻吟。大家圍繞在她身邊，拿著各種藥膏，給她上藥。

『哎喲！哎喲！哎喲……』小燕子哎喲不斷。

紫薇一面幫她上藥，一面驚喊：

『這麼多包怎麼辦？別動！別動！我們一個個上藥！』

永琪看得心驚膽戰，急急的說：

『這麼多包不治不行！我去宣太醫！』說著，回頭就走。

小燕子聽了，跳起身子拉住永琪，生氣的大叫：

『不要丟臉了！我才不要看太醫，都是你，說什麼「皮膚無罪」，怎麼「無罪」？根本是「皮膚受

罪」！「皮膚好痛」！「皮膚有包」！』

大家又是同情，又是好笑。永琪啼笑皆非的說：

『怎麼會是我的錯？這是什麼邏輯？』看到小燕子痛得齜牙咧嘴，又心痛得不得了，賠笑說道：『好好好！就算是我的錯！不該說「皮膚無罪」！那……還是請太醫來看看，好不好？』

『不好！不好！』小燕子跺腳大叫：『太醫一看，整個皇宮都知道我學香妃學不成，一定會把大家笑死！不許請太醫！』

『可是，剛剛妳表演的時候，好多宮女太監都在看，要保密也保不住！』爾康說：『說不定整個皇宮，都已經知道了！』

『我就是不要請太醫！不要請太醫！』小燕子喊著。

『好好好！不請太醫，妳不要動來動去，那個九毒化瘀膏很好，讓它以毒攻毒！彩霞，再給她用冷毛巾敷一敷，看看能不能止痛？』永琪急忙說。

『是！』

大家就匆匆忙忙，絞毛巾的絞毛巾，冷敷的冷敷，上藥的上藥。金瑣紫薇不時給她吹吹這裡，吹吹那裡。紫薇想想，納悶極了：

『怎麼香妃可以把蝴蝶引來，小燕子引來的居然是蜜蜂？』

爾康深思的說：

『我想，花香有好多種，有的吸引蝴蝶，有的吸引蜜蜂，大概都不一樣。妳們調配的這種「混合花香」，大概是蜜蜂最喜歡的味道了！』

紫薇看著滿頭包的小燕子，想想，實在有些好笑，簡直是『一語成讖』嘛！

『不是，是因爲小燕子老早就「化力氣爲蜜蜂」了！』紫薇笑著說。

紫薇這樣一說，大家想起前因後果，都忍不住大笑。

小燕子跳起身子，對紫薇一拳捶去。

『我已經滿頭包了，妳還敢笑我，太不夠意思了！簡直是那個什麼災什麼禍！』

『幸災樂禍？』紫薇問。

『對對對！幸災樂禍！哎喲……哎喲……一點同情心都沒有……哎喲……』

『妳這麼跳來跳去，怎麼上藥嘛！快躺好！』金瑣拉著小燕子。

明月彩霞就把小燕子按進椅子裡，紫薇金瑣忙著給她治療。

大家正在忙亂中，外面忽然傳來小鄧子、小卓子的大聲通報：

『皇上駕到！』

大家都嚇了一跳。小燕子呼嚕一聲，就拉起永琪那件背心，把自己連頭帶臉全體蒙住。

乾隆大步走進來。

一屋子的人急忙請安，說『皇上吉祥』『皇阿瑪吉祥』。

『發生什麼事情了？』乾隆好奇的問：『剛剛小路子告訴朕，小燕子在御花園裡，又跑又跳！引得一群太監宮女看熱鬧……』說著，就到處找小燕子：『小燕子！妳在那兒呢？』

小燕子把臉孔蒙得緊緊的，聲音從背心裡面傳出來：

『小燕子給皇阿瑪請安！皇阿瑪吉祥！』

乾隆看到蒙著頭的小燕子了，一怔。

『這是怎麼了？誰又招惹她了？』乾隆詫異的看著大家。

大家面面相覷，都瞪大眼睛，答不出話來。小燕子在背心中接口：

『沒人招惹我……沒人招惹我……』

『那……爲什麼又把自己蒙起來？這個毛病一直改不好啊？出來！』

小燕子蒙得緊緊的，搖頭：

『不出來！不出來……』

『出來！出來！』乾隆說：『嘔氣也不能這樣嘔！』

『不要，不要，不能出來……沒嘔氣……沒嘔氣……』

乾隆轉頭看紫薇。問：

『紫薇，她到底是怎麼了？』

紫薇忍著笑回答：

『皇阿瑪！一點小事！請你不要追究了！』

『怎麼是一點小事呢？那些宮女都在竊竊私語，說小燕子這個那個，現在，小燕子又把自己蒙起來，一定有問題！她又闖禍了？是不是？』就命令的喊道：『明月，彩霞，把那件衣裳拉開！』

『是！』明月、彩霞急忙上前，低低的喊：『格格！格格……』

小燕子知道逃不掉了，喊著說：

『出來就出來！』

說著，小燕子呼啦一聲拉開了衣服，露出滿是包的臉孔來，簡直慘不忍睹。乾隆大驚，眼睛瞪得像銅鈴。驚喊：

『這是怎麼回事？』

小燕子就哇啦哇啦的嚷道：

『皇阿瑪！我好慘啊！都是那個香妃娘娘害我，她站在草地上，就有蝴蝶飛過來，我也跟著學，飛來的都是蜜蜂！永琪也害我，說什麼「皮膚無罪」……』

『什麼？什麼？』乾隆不可思議的問。

爾康生怕小燕子口沒遮攔，說出『懷璧其罪』來，就急忙上前稟道：

『啓稟皇上，是這樣的！小燕子那天看到香妃娘娘可以把蝴蝶引來，羨慕得不得了。回到漱芳齋，突發奇想，要學一學。就要明月彩霞準備了很多花瓣，泡了一夜花瓣澡，希望也能引來蝴蝶，誰知道，

蝴蝶沒來，來了一大群蜜蜂……』

爾康的話沒說完，乾隆已經忍不住，捧腹大笑了：

「哈哈！哈哈！原來是「東施效顰」的結果啊！」

小燕子一跺腳，氣呼呼的喊：

「什麼「大瓶小瓶」？我痛得滿頭冒煙，你們大家還笑我！氣死我了！這麼多人，沒有一個肯去試驗，我才會這麼慘！那些蜜蜂也奇怪，只螫我一個人，不螫你們！如果你們夠朋友，都去泡一泡花瓣澡，再讓蜜蜂螫一螫，才是「有福同享，有難同當」呀！」

乾隆也不知道小燕子嚷嚷些什麼，就是笑不停：

『哈哈！花瓣澡！哈哈！花瓣澡！這是朕今年聽過的笑話裡，最好笑的笑話了！小燕子，妳真是朕的開心果呀！哈哈！哈哈！』

乾隆笑得這麼開心，大家都傻了，忍不住個個帶笑了。小燕子納悶的看看乾隆：

『皇阿瑪，這麼好笑啊？真的好笑啊？』就毅然的一摔頭，豪氣的說道：『算了算了，雖然被螫了滿頭包，能讓皇阿瑪這麼高興，大笑一場，也就值得了！本來我想，找到那些蜜蜂窩，打他一個稀巴爛，給自己報仇……現在，也饒了牠們吧！』

乾隆聽了，還是忍不住要笑，但是，心裡卻感動著，心痛著。回頭大喊：

「永琪！還不趕快宣太醫！這樣滿頭包，不治怎麼行？』

永琪正中下懷，高聲答道：

『是！兒臣這就去！』

永琪轉身飛奔而去，小燕子看看紫薇，沒轍了。

乾隆實在忍不住，立刻到了寶月樓，把這個消息告訴含香。

『香妃，妳知道嗎？小燕子爲了學妳，昨晚泡了一夜的花瓣澡，今天在花園裡引蝴蝶，結果，蝴蝶沒有引來，引來了一群蜜蜂，把她螫了滿頭包！』他大笑著說。

含香大驚，著急的問：

『真的？嚴重不嚴重？那……我要去漱芳齋看看她！』她抬眼注視乾隆：『我可以去嗎？』

乾隆就凝視著含香。收起了笑，正色的問：

『妳和那兩個丫頭，很投緣是不是？』

含香哀懇的看著乾隆，誠摯的回答：

『是的，我和她們好投緣，她們是真神阿拉賜給我的禮物！在我這麼無助的時候，給我安慰，給我希望。我真的好喜歡她們！』

乾隆震動了，深思的說：

『他們也是上蒼賜給朕的禮物……看樣子，朕和妳之間，還有一點地方是相同的！』說著，就在房

間裡徘徊起來。

含香看著他，突然走到他面前，跪下了。

乾隆一震。含香自從進宮，都是行回族禮，很少下跪。他就驚怔的看著她。

含香仰著頭，誠摯已極的說：

『皇上！紫薇和小燕子曾經告訴我，你是天下最仁慈的父親，有一顆寬大的心！她們還說，你懂得感情，瞭解感情，是一個最「人性化」的皇帝！所以，我懇求你，不要對我生氣，也不要勉強我！試著用你的瞭解，你的寬大來包容我！如果你尊重我，我會用我的一生來報答你！』

乾隆看著她，被她這種哀懇的語氣震動了，也被她說的話震動了。

『妳的一生？』

『是的！』含香忍著淚：『我可以做你的奴隸，你的舞孃，你的寵物……你的什麼都可以，爲你奉獻一生！』

『什麼都可以……只是，不要做朕的女人？』

含香磕下頭去。伏地不起。

乾隆沈思片刻。耳邊，響起紫薇的聲音：『人類最沒有辦法勉強的事，就是感情了！』他不禁深深一嘆：

『也罷！朕不會再勉強妳了！勉強而來的順從，又有什麼意思？朕答應妳了，尊重妳，包容妳！』

含香抬頭，眼淚滑下面頰，笑容漾在嘴角。

『謝皇上仁慈！』

當漱芳齋裡的大夥，知道含香這個消息的時候，真是又驚又喜。

『真的？皇阿瑪說他答應妳了？不再勉強妳了？』小燕子笑著問。

含香點頭。

紫薇就興奮的抓住小燕子的手，叫著：

『我就知道，皇阿瑪不是普通人物！他那麼偉大！我以他為榮！』

爾康上前，對含香行禮：

『恭喜恭喜，我們總算暫時可以鬆一口氣了！』

『早知道，小燕子就不必弄得一頭包了！』永琪接口。

含香看著小燕子：

『對不起，讓妳弄了滿頭包！痛不痛？』

『沒事沒事！就是有點醜！』

『不醜不醜，很有特色，像釋迦牟尼的腦袋！』永琪笑著說。

『啊？真的嗎？』小燕子以為是句讚美，還很得意。想了想，明白了，對永琪一凶：『什麼話？我

那有那麼多疙瘩！」

一屋子的人都笑了。

含香看著爾康和永琪，行了一個深深的回族禮：

「含香謝謝兩位，爲我所做的事！爲蒙丹所做的事！以後，還要麻煩你們，照顧蒙丹，開導他，勸他，安慰他！」

爾康一怔，有些明白了，愕然的看著含香：

「妳的語氣，好像和他永別了？」

含香認命的、悽涼的說：

「當我答應我爹進宮來的那一天，我就決心和他永別了！是他不死心，一直追到北京來！現在，皇上對我那麼仁慈，我也不能對他不義，我是皇上終身的奴僕了！」

小燕子立刻大大的抗議起來：

「那怎麼成？我師父絕對不能接受這個！含香，妳不要仁啊義啊的！我們暫時等一等，等我研究出來怎麼樣引蝴蝶，我們再說……」

「小燕子！妳還要研究怎麼引蝴蝶啊？」永琪大驚：「夠了！下次說不定把蟑螂蝗蟲飛螞蟻都引來了！」

大家又都笑了，室內充滿溫馨。爾康就對含香誠摯的說：

『不要那麼快說「永別」，那太殘忍了！我完全可以體會蒙丹的心情，等待雖然很痛苦，可是，畢竟有希望。妳可以讓他等待，不能讓他絕望！也不要讓妳自己絕望！妳瞧，皇上已經答應了妳的請求，說不定有一天，他會放掉妳呢？』

紫薇就熱烈的接口：

『是呀！是呀！我對皇阿瑪充滿了信心，妳也充滿信心吧！妳和蒙丹，那麼深刻的感情，感動了我，感動了小燕子，感動了爾康和五阿哥，感動了天地，怎麼會感動不了皇阿瑪呢？』

含香被大家說得眼睛發亮了。

皇后在第二天，就知道小燕子被蜜蜂螫了。

容嬤嬤繪聲繪色的形容著：

『小燕子被蜜蜂追得滿花園跑，是千真萬確的事！現在，整個宮裡人人都知道了！皇上還爲小燕子傳了御醫，聽說小燕子的腦袋都腫了，現在，待在漱芳齋，大門不出，二門不邁，在那兒療傷呢！』

皇后大大的興奮起來，忍不住哈哈大笑：

『哈哈！這可是聞所未聞的大笑話！小燕子被叮了滿頭包，太好笑了！我真想看看她現在的樣子！』

『奴才也好想看看她現在的樣子，還神氣不神氣？還得意不得意？』

皇后挑著眉毛：

『那麼，咱們還等什麼？咱們就去「問候問候」這位還珠格格！』

於是，皇后帶著容嬤嬤、宮女、太監浩浩蕩蕩來到漱芳齋。皇后來的時候，爾康和永琪當然也在。他們兩個，已經越來越沒辦法克制自己了。

小鄧子、小卓子看到皇后，急忙對屋裡大聲通報：

『皇后娘娘駕到！』

屋子裡的人，全部一驚。小燕子滿頭包，聽到皇后來，急得滿屋子兜圈子。喊：

『我不要給她看到我這個樣子！怎麼辦？怎麼辦？』

紫薇急忙推著小燕子：

『躲到房間裡去，躺在床上不要起來！』

小燕子還來不及進房，皇后大步而入，容嬤嬤宮女們再隨後。皇后及時喊：

『小燕子！妳要去那兒？』

小燕子只得停步。手裡拿著一條帕子，就往臉上一蒙。永琪、爾康、紫薇連忙上前請安，說『皇額娘吉祥』『皇后娘娘吉祥』等。金瑣、明月、彩霞也屈膝的屈膝，請安的請安。

皇后聲音高了八度，清脆的喊：

『喲！你們這個漱芳齋，永遠這麼熱鬧！五阿哥和爾康，在這兒上朝辦公啊？』

永琪和爾康互看一眼，忍耐著不說話。

皇后就盯著小燕子仔細看：

『這是怎麼了？帕子蒙著臉，難道也變成回人了？學香妃這麼好玩呀？有句成語，妳聽說過嗎？「畫虎不成反類犬」！料妳也聽不懂，我給妳解釋一下，畫老虎畫得不像，就會變成狗！我勸格格，還是不要學香妃了！把帕子拿下來吧！』

皇后如此尖酸刻薄，大家敢怒而不敢言。

小燕子那裡受得了這個，一氣，把帕子一掀。對皇后吼著說：

『皇后娘娘！妳想看看我的臉，妳就看吧！我是給蜜蜂螫了滿頭包，這也沒有什麼見不得人的地方！』

皇后看著小燕子都是疙瘩的臉，心裡實在得意：

『喲！這蜜蜂那麼喜歡妳這張小臉呀！』

小燕子氣得牙癢癢。永琪咬牙，爾康瞪眼，紫薇憋著氣。

容嬤嬤就接口說道：

『大概格格人長得漂亮，像一朵花兒一樣，這些蜜蜂也糊塗了，都飛過來採蜜了！聽說，那天驚動了整個御花園，所有的人，都在看格格跟蜜蜂捉迷藏呢！』

小燕子掀眉瞪眼，永琪生怕又弄出大禍來，急忙往前一站。說：

『皇額娘看過了，就讓小燕子去休息吧！』

爾康心裡生氣，一步上前，對皇后說道：

『還珠格格只是淘氣，學學香妃，不傷大雅。她已經滿頭包了，皇后娘娘何必再取笑她呢？包容一點吧！』

皇后一挑眉毛，瞪著爾康：

『你這說的是什麼話？我今天是聽說小燕子被蜜蜂螫了，好心好意來看看她！你一個晚輩，那麼沒有規矩！膽敢指責我……』

這時，小燕子睜大眼睛，目不轉睛的盯著皇后的頭頂看。

大家不知道她在看什麼，就也跟著看。

皇后看到所有人的眼光都盯著她的頭頂，覺得怪怪的，也抬頭看。卻看不出什麼所以然來。

小燕子忽然跳了起來，大叫：

『不好！蜜蜂都被我引到漱芳齋裡面來了！』就竄得好高，伸手拍到皇后的旗頭上，把那個旗頭拍到地上去了，嘴裡大叫：『蜜蜂！蜜蜂！有蜜蜂……』

小燕子一面大喊著，一面跑過去踩皇后的旗頭，把旗頭踩扁了。

大家都嚇了一跳，皇后更是震驚得一塌糊塗。一時之間，反應不過來。

小燕子抬頭滿屋子看：

『還有還有！』跳起來，又把容嬤嬤的旗頭撲下地，再去踩著：『死蜜蜂！踩死你！踩死你……』

小燕子跳了一陣，拍拍胸口。

『好了，好了，踩死了！踩死了！』

滿屋子人，全都給她弄傻了。

小燕子俯身拾起那兩個像帽子似的旗頭，整理著上面的花朵、珠子、穗子，對皇后抱歉的說道：

『對不起，皇后，真的有蜜蜂！糟糕，我把您的旗頭踩扁了！』就大喊：『明月，彩霞，金瑣……快把旗頭拿去弄弄好！』

明月、彩霞、金瑣根本不知道小燕子在做些什麼，只得應著：

『是！』

明月、彩霞、金瑣就拿了旗頭，走出房間。

小燕子飛快的對紫薇使了一個眼色，也跟著跑出房間。

紫薇、永琪、爾康不知道小燕子葫蘆裡賣的是什麼藥，看到皇后和容嬤嬤氣得臉色發青，三人就急忙上前。紫薇賠笑的說道：

『皇后娘娘別生氣，自從小燕子被蜜蜂螫了，她就有一點神經兮兮，老是說漱芳齋有蜜蜂，事實上，確實有蜜蜂……有時候，一隻兩隻的飛過來，有的時候，四隻五隻的飛過來，小燕子被螫怕了，看到蜜蜂就緊張……』

容嬤嬤又是氣憤，又是懷疑：

『奴才一隻蜜蜂也沒看見！』

『是呀！我也沒看見！』皇后懷疑的說。

『有有有！剛才有好幾隻，被小燕子踩死了！』永琪趕緊說。

爾康忍著笑，一本正經的接口：

『寧可信其有，不可信其無！這個蜜蜂，實在厲害，妳們看小燕子那滿頭包就知道了！還是小心一點比較好！』

大家正說著，金瑣和彩霞捧著兩頂旗頭出來。小燕子、明月跟在後面。

『皇后娘娘，旗頭修好了，還好，一點兒都沒有壞！讓奴婢給您戴上吧！』

彩霞也對容嬤嬤低聲下氣的說道：

『容嬤嬤，我來幫妳戴！』

容嬤嬤看看旗頭，果然修得好好的，就不疑有他。

金瑣、彩霞、明月、紫薇就一起上前，把旗頭給皇后容嬤嬤戴好。

皇后四面看看，還真的有點怕蜜蜂，就說道：

『好了！小燕子，妳好好的保養妳那張小臉吧！別再給蜜蜂螫了！容嬤嬤，我們走吧！』

小燕子大聲的應道：

『是！小燕子謹遵皇后娘娘教誨！謝皇后娘娘關心！』

小燕子的嘴巴太甜了，皇后一臉的狐疑，帶著容嬤嬤出門而去了。

小燕子急忙對大家說：

『我們趕快跟出去，說不定有好戲可看！』

大家知道小燕子一定有鬼，就全部跟著出門去。

皇后、容嬤嬤高高的昂著頭，走在前面。兩人也是一肚子的疑惑，皇后說：

『這個小燕子到底在搞什麼鬼？踩扁我的旗頭，她也高興嗎？』

『她是狗急跳牆！除了拿旗頭出出氣，她也沒有別的法子了！』容嬤嬤說。

『她那張小臉，可真花稍！没想到，蜜蜂幫我出了一口氣！哈哈！』皇后想想，仍然忍不住要笑。

『這就叫「惡人偏有惡人磨」！她心眼壞，才會有這種報應！』容嬤嬤答著。

主僕二人，在前面得意的議論著。後面，小燕子等一群人，正遠遠的跟著。

爾康實在按捺不住，問：

『小燕子，妳葫蘆裡賣的是什麼藥？妳把那兩頂旗頭怎樣了？』

『我還不知道靈不靈呢！大家仔細看著！』就盯著皇后看去。

『妳快說呀！到底妳做了什麼？』紫薇追問。

金瑣喜嘻哈哈的笑了，說：

『上次小燕子洗花瓣澡，還剩下好多花瓣，當時，以爲大家都要用，我們就把花瓣風乾了！剛剛，我們把那兩頂旗頭裡，全都塞滿了花瓣……』

『爾康說的，那些蜜蜂可能喜歡這個「混合花瓣」的香味，我試試看到底是不是？』小燕子笑著說。

彩霞指著前面，興奮的喊：

『來了來了……』

『什麼東西來了？』明月問。

『蜜蜂！蜜蜂！』小卓子驚喊。

『蜜蜂！蜜蜂！』小鄧子也驚喊。

大家睜大眼睛看過去，只見成群的蜜蜂在空中飛舞，一直追向皇后和容嬤嬤。

皇后聽到『嗡嗡』聲，抬頭一看，大驚失色，驚喊：

『蜜蜂！好多蜜蜂！』

容嬤嬤也抬頭一看，嚇得手足無措，大叫：

『怎麼那麼多蜜蜂……皇后娘娘，快逃呀！』

容嬤嬤牽著皇后的手，就沒命的往前奔去。

蜜蜂成群結隊，追著皇后和容嬤嬤。皇后狼狽的伸手撲打著：

「天啊……救命啊……救命啊……」

「跑啊！皇后娘娘，快跑啊……」容嬤嬤抓著皇后的手飛奔。

皇后和容嬤嬤，平時在宮裡都是趾高氣揚，抬頭挺胸，走路從容而高貴，儀容端莊而威嚴，那裡有這樣倉皇過。她們那奔逃的樣子，實在突兀。許多太監侍衛宮女都停下來張望。看得目瞪口呆。

只見蜜蜂圍著她們飛舞。後面跟隨的宮女太監早已尖叫著，四散奔逃。

小燕子等人，笑得東倒西歪。小燕子摟著紫薇又跳又叫：

「靈了！靈了！哈哈！哈哈！這一下，她知道什麼是老虎，什麼是狗了！」

容嬤嬤跑得氣喘吁吁，腳下一絆，摔了一個四仰八叉。容嬤嬤一摔，皇后也跟著摔了下去。於是，成群的蜜蜂就『蜂擁而下』，直撲兩人。皇后慘叫：

「救命啊……救命啊……不好了……」一面叫，一面拚命用袖子遮住臉孔。

「哎喲……哎喲……哎喲……」容嬤嬤也慘叫連連，雙手拚命揮舞。

侍衛宮女們遠遠的看著，不知道如何救駕。

小燕子看了，實在太樂了，跳著腳喊：

「蜜蜂寶貝，蜜蜂姑娘，蜜蜂姑奶奶……努力飛呀，努力螫呀！不要客氣，拿出你們的看家本領來……啊喲！我笑得肚子痛……」

金瑣、明月、彩霞都笑得前仰後合。

爾康和永琪互視，彼此搖搖頭，可是，也忍不住笑。只有紫薇，笑完了，覺得有些不忍，想上去幫忙，爾康一把拉住了她。

「不要太好心，那些蜜蜂可認不得人，過去了會跟著遭殃！」

小燕子一把拉住紫薇喊：

「妳敢同情她，我和妳絕交！」

紫薇只得站住。可是，看到皇后和容嬤嬤這麼狼狽，還是滿心不忍。

總算，有幾個侍衛上前去驅趕蜜蜂，扶起皇后容嬤嬤，但是，兩人的臉上，早已千瘡百孔，慘不忍睹了。小燕子興高采烈，得意得不得了，遙望皇后，喊道：

「這一下，輪到妳們滿頭包了！妳們好好保護妳們那張「老臉」吧！」

皇后和容嬤嬤，在侍衛宮女的包圍下，呻吟著而去。

小燕子和漱芳齋的衆人，這才回身，往漱芳齋走去。個個臉上，都是笑容。小燕子雖然頭上有包，卻是一張喜悅的臉孔。跳跳蹦蹦的說：

「嗯，我這個「花瓣澡」雖然把自己弄得滿頭包，可是，收到這樣的效果，我太滿意了！現在，我還要去研究一下……」

爾康、永琪、紫薇立刻異口同聲喊：

「不許研究了！」

小燕子看了大家一眼，笑嘻嘻的說：

「我是要研究，下個月皇阿瑪過壽，我們送什麼禮物給他才好！他壓下晴兒的事，又不勉強含香……我現在對他充滿了感激，我要送一個大大的禮物給他！」

17

轉眼間，到了乾隆的壽誕。

整天，皇宮都熱鬧得不得了。大臣們、親王們、貝勒貝子們、使節們、阿哥們……都按照禮儀，向乾隆賀壽，大家紛紛獻上苦心準備的賀禮。一時之間，古玩玉器，書畫雕塑，西洋鐘錶，珠寶如意，千年靈芝，奇花異草……都呈現在乾隆面前。但是，這所有的禮物，乾隆也都見多了。至於祝壽賀壽那一套，更是年年如此，了無新意。乾隆對於這樣的壽誕，實在有些厭倦了。直到大戲台上，演出祝壽的節目時，他才精神大振。

他坐在戲台對面的位子上，太后、皇后、令妃和所有妃嬪全部出席。阿哥們、格格們、親王福晉們也都在坐。晴兒坐在太后身邊，十二阿哥坐在皇后身邊，七格格、九格格坐在令妃旁邊。戲台上，張燈結彩，大大的壽字，貼在正中。乾隆看了看座中諸人，有些納悶，因爲沒有看到小燕子和紫薇，也沒看到永琪和爾康。爾康可能和福倫在後台照料，怎麼永琪也不來？最愛熱鬧的小燕子，到那兒去了？還有

含香呢？

戲台上，正熱鬧滾滾的表演著『雙獅獻瑞』。只見兩隻活靈活現的獅子，在台上飛舞跳躍。時而騰空而起，捉對廝殺。時而匍伏在地，搔首弄姿。時而彼此逗弄，搖頭擺尾。時而奔跑追逐，滿場翻滾。兩隻獅子，花樣百出，看得大家目瞪口呆，眼花撩亂。乾隆不禁鼓掌叫好，衆人也跟著鼓掌。

太后笑吟吟的看著晴兒，說：

『這雙獅獻瑞，我也看過很多次了，這次真的不同！好看極了！』

『想必是爲了皇上過壽，特別訓練的！』

『不知道是誰負責的？節目安排得挺好！』太后問。

令妃心裡得意，忍不住接口：

『回老佛爺，是福倫和爾康安排的！』

『啊？』太后看了晴兒一眼：『他們父子，真是皇上的棟樑呀！』

皇后揣摩著太后的心意，說道：

『老佛爺，這個爾康，真是百裡挑一的人才，可惜皇上把他指給了一個民間格格，真是糟蹋了！』

晴兒目不轉睛的看著台上，似乎沒有聽到這個話題。

『臣妾倒不那麼想，紫薇格格優嫻貞靜，和爾康正是郎才女貌！』令妃說。

『皇后說得不錯，現在，要找像爾康這樣的人才，還真不容易！』太后話鋒一轉：『令妃，這也是

妳的光彩呀，妳娘家出了不少人才！』

皇后呆了呆，没料到讓令妃得到讚美，臉色一暗，令妃不禁面有得色了。

這時，晴兒拉著太后的衣袖，興奮的喊：

『老佛爺快看！』

大家看往台上，只見兩隻獅子，突然伏地，仰首上望。

從空中，有個大大的彩球忽然從天而降。一對獅子飛躍過來，接著彩球，就舞弄起來。彩球時而在獅頭上滾動，時而在地上旋轉，時而被兩隻獅子拋在空中，時而和獅子滿場盤旋。舞得好看極了。

乾隆看到那表演出神入化，匪夷所思，忍不住鼓掌叫好。

滿座都響應著，掌聲雷動。

接著，一隻獅子跳著跳著，忽然站定，人立而起，從嘴裡吐出一張紅色錦緞，上面直書著一行字：『老吾老以及人之老』。另一隻獅子也跟著人立而起，吐出另一張錦緞，寫著：『幼吾幼以及人之幼』。乾隆正驚愕間，彩球轟然一聲炸開，彩色煙霧隨之擴散，只見兩個人影在煙霧氤氳中，騰空而起，拉開一面大旗，上面橫書：『澤被蒼生恩滿天下』。那兩個人就拉著這面大旗，站立在兩隻人立的獅頭上面。大家定睛一看，那兩個拉著大旗的人不是別人，正是小燕子和含香！

大家看得驚喜莫名，乾隆尤其震動。然後，鼓聲大作，兩隻獅子，跟著鼓聲，猝然揭開獅頭，赫然是永琪和爾康！

乾隆大驚，喊道：

『怎麼是你們！』

乾隆還沒從震驚中回復，卻聽到鑼鼓已停，琴聲大作。他再度定睛看去，只見太監們收去了旗幟獅子，金瑣帶著無數的宮女，身穿紅色的衣裳，像一片彩色的波浪，一波一波的湧到台上來。在這些彩色波浪中，紫薇正端坐台上，扣弦而歌。永琪、爾康、含香、小燕子分站在紫薇兩邊，大家隨著琴聲，同聲唱著一首別開生面的祝壽歌：

『巍巍中華，天下爲公，普天同慶，歌我乾隆。
幼有所養，老有所終，鰥寡孤獨，有我乾隆。
澤被蒼生，穀不生蟲，四海歸心，國有乾隆。
仁慈寬大，恩威並用，捨我其誰，唯有乾隆。』

一曲既終，紫薇就盈盈起立，一手拉著含香，一手拉著小燕子，走到台前，永琪和爾康兩邊相隨，五人對乾隆一跪。紫薇說道：

『皇阿瑪！我們大家，有太多太多的感恩，說不完，道不盡！一點心意，祝你萬壽無疆！』

金瑣帶著衆宮女全部匍伏於地。齊聲喊道：

『皇上萬歲萬歲萬萬歲！』

乾隆看看紫薇，再看看永琪爾康小燕子含香，實在太意外了，太震動了。他一生收到無數的禮物，看過無數表演，聽過無數的歌功頌德，從來没有任何一刻讓他這麼震撼。他驚喜得不知道該怎麼辦才好，片刻才回過神來。說：

『我簡直不相信，你們會給朕這樣一個別開生面的節目！這真是一個大大的「驚喜」啊！你們太有心了！讓朕太意外了！』就由衷的大笑起來：『哈哈哈哈！這是朕這一生中，收到最「名貴」的壽禮了！朕會終身難忘！』

滿座王公大臣，就爆起如雷的掌聲。齊聲大喊：

『吾皇萬歲萬歲萬萬歲！』

太后也驚訝著，震動著。這才有些明白了，這兩個民間格格，確實不簡單！

令妃感動極了，擦著眼睛說：

『哎！我太感動了！太動人了！如果不是皇上讓他們心服口服，他們怎會這樣用盡心機呢？這種孝心，實在難能可貴呀！』

皇后一肚子的不是滋味，對令妃冷冷的說：

『別「感動」得太早，看看清楚吧！』她指指含香：『真正幕後策劃的，是那個會「招蜂引蝶」的香妃！她，可不能用「孝心」兩個字吧！』

晴兒看著紫薇，深深感動了。自言自語的說：

『不管是誰幕後策劃的，這個「特別」的禮物，實在用心良苦，感人至深！』

『用心良苦是真的，未免「太用心」了！』皇后接口。

太后怔怔的看著那一排站立的五個俊男美女，被他們深深的眩惑了。

那天晚上，御花園裡處處張燈結彩，照耀如同白晝。乾隆帶著所有嬪妃阿哥格格和太后，在花園裡看焰火。焰火一個個衝上天空，燦爛的花雨砰然一聲炸開，四散而下。大家歡呼著，欣賞著，喜悅的情緒高漲著。

含香這是生平第一次看到焰火，不禁看傻了。

『哎哎，那個火花怎麼會這樣灑下來呢？太漂亮了！我從來沒有看過！』

小燕子看到焰火，就手舞足蹈，興奮得不得了。

『妳看妳看，又一個上去了！哎哎，又一個下來了！』

『哎，好多火花，散開了！散開了！』金瑣也喊。

『出一個謎語給妳猜！』紫薇笑著對小燕子說：『上去上去，飛開飛開，閃亮閃亮，下來下來！是什麼？』

『我又不是傻瓜！當然知道啦！是「焰火」！』小燕子嚷著。

紫薇大笑：

『不對，是螢火蟲！』

小燕子一呆，爾康永琪含香金瑣都跟著大笑。

小燕子不服氣了，想了想，說：

『我也有一個謎語給妳猜！「上面上面，下面下面，左邊左邊，右邊右邊，中間中間！」是什麼？』

乾隆看他們談得熱和，大感興趣：

『猜謎啊？這個朕最有興趣了！』問小燕子：『這是一樣東西嗎？』

『不能告訴皇阿瑪！反正是個謎語！』小燕子得意的說。

『小燕子出的謎語，不能想得太深奧！說不定根本不通！』爾康接口。

『不要那麼看扁我，好不好？我也會謎語！』小燕子嚷著。

『上面上面，下面下面，左邊左邊，右邊右邊，中間中間！』永琪苦苦思索，看爾康：『你猜得出嗎？是什麼呢？』

『這可把我給考住了！』爾康百思不解，搖搖頭。

大家議論紛紛，猜不出來。只見晴兒笑嘻嘻的看著大家，問：

『是不是「抓癢」？』

『妳怎麼知道？』小燕子睜大了眼睛。

『因爲我常常給老佛爺抓背，有經驗了！』晴兒笑著說。

大家想想，恍然大悟，都笑了起來。太后也笑了，寵愛的看著晴兒。

『朕也有一個謎語！』乾隆興致高昂，看著小燕子，笑道：『謎題就是「小燕子作文章，如高山擂鼓，聲聞百里！」猜常用詞一句！』

『哇！皇阿瑪拿我來出謎語！我要猜一猜！』小燕子就轉動眼珠苦思：『是什麼？是什麼？我作文章，怎麼跟高山有關？「擂鼓」是什麼意思？』

『擂鼓，就是打鼓！』紫薇笑著，已經猜到了：『妳想想在高山打鼓的聲音！』

爾康也猜到了，笑著接口：

『高山擂鼓，聲聞百里，是「不通不通」！』

『哈哈！哈哈！正是！正是！』乾隆大笑。

大家都笑了起來。小燕子噘著嘴說：

『好嘛！拿我開心好了！反正我是「開心果」！』忽然想到一個謎語，就嚷著說：『我還有一個謎語，你們一定猜不著！什麼動物有八條腿，兩對翅膀，上天能飛，到水裡能游，在地上會跑？』

大家一聽，這個希奇，立即紛紛討論，猜來猜去，都猜不出來。乾隆忍不住說：『這個動物太奇怪了，猜不出來！是什麼東西？快說謎底！』

小燕子大笑：

『哈哈哈哈！我也猜不出來！』

『這太賴皮了吧？』紫薇笑著嚷，追著小燕子打。小燕子又笑又躲。

大家嘻嘻哈哈，好生熱鬧，乾隆看得眉開眼笑。太后微笑著，看乾隆好興致，也就容忍了小燕子和紫薇等人的嘻鬧。皇后和容嬤嬤，帶著十二阿哥站在遠遠的一邊，不時看看焰火，不時交換視線。十二阿哥名叫永璂，才九歲多，看焰火看得興高采烈。令妃帶著八歲的九格格，和六歲七格格，站在乾隆身邊，分享著乾隆的喜悅。小阿哥早就被奶娘抱去睡覺了。

永琪想到一個謎語，說：

『我也有一個謎語。什麼東西「上頂天，下頂地，塞得乾坤不透氣」？』

大家還沒猜出來，小燕子卻搶著說道：

『先猜我的！什麼東西「頭朝西，尾朝東，塞得乾坤不透風！」』

永琪驚看小燕子：

『妳這個比我那個還厲害！』

『可不是！』

永琪、紫薇、爾康研究著。沒有答案。

『我投降，這是什麼？』永琪問。

小燕子仰天大笑：

「哈哈哈哈！就是你那個頂天頂地的東西，我把它橫著放平了！」

乾隆和眾人都大笑起來。

「小燕子讀書不用功，小聰明一大堆！」乾隆笑著說。

焰火再度上昇，綻放一蓬花雨。大家又仰頭看。這時，焰火照射下，忽然有個人影在遠處的假山中間一閃。爾康立即警覺，大喊：

「什麼人？」

所有的人，全部嚇了一跳。

爾康毫不遲疑，立刻飛竄到假山那兒，對暗處看去。只見假山後面，一個黑衣人拔地而起，其快如箭，對著曲院迴廊，濃蔭深處，飛奔而去。

「是那一個？站住！」爾康大叫，如影隨形，追著那個黑衣人而去。

「有刺客！我來抓！」小燕子好激動，一面喊著，一面飛身出去。

「小燕子！妳別湊熱鬧，我去！」永琪急喊，也跟著追去。

轉眼間，三個人全都追著人影而去。

太后、乾隆和妃嬪阿哥格格們都大驚失色，人人震動。容嬤嬤急忙大喊：

「來人呀！來人呀！保護皇上！保護老佛爺，保護皇后、各位娘娘、阿哥和格格們要緊！來人呀

……』

頓時間，大內高手和侍衛蜂擁而來。

爾康緊追著那個黑衣人，迅速的穿越了大半個御花園。

小燕子大呼小叫，和永琪追了過來。

『那裡來的刺客！給我站住！居然在皇宮裡撒野！』

『妳不要追刺客了！侍衛都來了，妳會越幫越忙的！』永琪喊。

『誰說？我要抓刺客，不能讓他跑了！』小燕子緊追不捨。

永琪只好跟去。

侍衛也追了過來，乒乒乓乓，長劍出鞘。高手們一個個飛竄著，大家追著黑衣人，在御花園裡一陣狂奔。那黑衣人好快的身手，轉眼間，來到了漱芳齋外面。

漱芳齋的大門開著，小鄧子、小卓子正在院子裡看焰火。黑衣人就直接竄進了漱芳齋。小鄧子眼睛一花，來人給了他一掌，他就躺下了。小卓子一回頭，什麼都没看清楚，也被打倒在地。來人就直竄入房。

爾康追趕過來。高遠、高達也跳了出來。

『高遠！高達！快去追刺客！』爾康大喊。

『是！』高遠高達帶著侍衛，奔進房去。

小燕子、永琪也已趕到。小燕子嚷著：

『居然跑進漱芳齋去了！也太大膽了吧！我非逮到你不可！』

小燕子、永琪、也跟著衝了進去。

爾康很快的查遍了漱芳齋每個房間，說也奇怪，那個黑衣人已經不見蹤影。對爾康來說，漱芳齋是他最熟悉的地方，每間房間，都瞭如指掌。大家跑出跑進，裡裡外外，找了一個透，什麼人都沒看到。

片刻以後，爾康、永琪、小燕子、賽威、賽廣、高遠、高達及侍衛齊集大廳。大家研究著，討論著，疑惑著。

『奇怪，眼看有人跑進來，就這樣不見了！』高遠說。

『這麼多人，居然把一個刺客給追丟了，這不是太笑話了嗎？』爾康說。

『就是呀！那個人身手好快！簡直像閃電一樣！』小燕子說。

『怪了！這個漱芳齋沒有後院，刺客不能翻牆！會不會趁我們追進門，一陣混亂的時候，再從大門跑出去了！』永琪說。

『不可能，我盯得那麼緊，除非他有障眼法！』爾康疑惑極了。

永琪看看爾康，兩人都有些很不安。今天是乾隆壽誕，誰會這麼大膽，敢驚擾聖駕？誰有這麼好的武功，能在衆目睽睽下消失？

這時，乾隆、太后、皇后、令妃、含香、晴兒、紫薇、金瑣、明月、彩霞、容嬤嬤及太監宮女們全都趕了過來，站了滿房間。

『怎樣？抓到刺客了嗎？』乾隆問。

爾康納悶的說：

『啓稟皇上，臣一路追到漱芳齋，眼看刺客衝進來，竟然就這樣不見了！』

太后看著爾康永琪，問道：

『你們口口聲聲說是刺客，怎麼知道他是刺客呢？他傷人了嗎？』

爾康一怔。被太后提醒了，接口說道：

『是呀！這事好奇怪，來人只有一個人，看樣子功夫非常好，單身闖進皇宮，未免也太膽大了吧？可是……他只有打倒小鄧子、小卓子，出手也不重。這個人好像只是進宮來探探虛實，被人發現了，也不交手，拔腿就跑，實在有些怪異……』

爾康說到這兒，心裡就咚的一跳，腦海裡猛的想到一個人；蒙丹！會不會是蒙丹？這樣一想，就情不自禁去看永琪，永琪接觸到爾康詢問的眼神，立刻震顫了一下，蒙丹！永琪也這麼想，兩人就去看含香。含香看到兩人的眼神，臉色頓時變得蒼白了，伸出一隻冰冷的手去拉紫薇的手，紫薇握住含香的手，就微微的發起抖來，大家幾乎都肯定了，是蒙丹！爾康轉著眼珠深思，蒙丹一定按捺不住了，混進宮來察看虛實，沒料到形跡敗露，他就逃進漱芳齋。但是，他怎麼知道漱芳齋的位置呢？想必，是大夥

平常言談中，言者無心，聽者有意吧！

爾康等人，個個緊張，唯有小燕子心無城府，氣得大叫：

『這也太小看我們了吧？把皇宮當成他的家一樣，要來就來，要走就走！』

紫薇牽著含香，悄悄的溜到小燕子身邊，輕輕的一拉小燕子。

小燕子一怔，看到永琪的眼光，再看到爾康的眼光，又感到含香發抖的身子，緊靠著自己……她這次福至心靈，驀然醒覺；難道是師父？頓時張口結舌。

爾康就急忙對乾隆等人說道：

『皇上！這個刺客只有一個人，想必不能成事！臣立刻派人搜查整個皇宮，力求安全！已經夜深了，皇上和老佛爺，還是早些休息吧！』

『正是，』永琪立刻附議：『今兒個皇上過壽，不要讓這些小賊破壞了興致！安全問題，交給兒臣和爾康吧！』

皇后看著太后，深思的說：

『臣妾覺得不妙！漱芳齋只有一個入口，沒有逃走的路。刺客怎麼可能不見了？這兒是小燕子和紫薇住的地方，萬一藏了一個刺客，兩個格格要怎麼辦？大家最好把床底下，櫃子裡，屋樑上……任何可能藏人的地方，全體檢查一遍！』

『正是！皇后說得對！』太后拚命點頭。

乾隆就大聲吩咐：

『賽威，賽廣！趕快去徹底檢查！任何角落都不要放過！』

『喳！』賽威、賽廣及眾侍衛拿著刺刀，高聲應著，又往房裡奔去。

爾康、永琪、小燕子、紫薇、含香全部跟著侍衛往房裡跑。

接著，漱芳齋是一陣翻箱倒櫃的搜查。侍衛們拿了刺刀長劍，不住的刺向床底下，刺向櫥櫃裡，刺向門背後，刺向屋樑上，刺向每個黑暗的角落。

最後，每間房間都找過了，只剩下紫薇的臥房。侍衛們進來以後，也是桌下、門後、櫥櫃、長劍一刺，一刺去。小燕子越來越著急，含香和紫薇，每當刺刀一刺，兩人幾乎都是一個驚跳。爾康永琪嚴陣以待。這種反常的情形，乾隆也注意到了，心想，事關兩個格格的安全，難怪他們個個都緊緊張張。

侍衛到處刺了一陣，小燕子就跳起身子，東張西望的說：

『好了！好了！這間房間乾淨了！應該沒事了！』

『還是再仔細搜查一下比較好！』高遠說：『小鄧子、小卓子的房間都找過了，明月、彩霞的房間也找過了！現在，只剩下這間還沒有仔細的搜！』

皇后、太后、令妃、容嬤嬤和乾隆都在旁觀。

紫薇知道這是唯一可以藏人的房間了，就緊張得不得了，忍不住出面阻止：

『我的房間最簡單，一目了然，要藏一個人恐怕不容易！大家不要破壞了我的東西！看看就好了！

別拿著劍刺來刺去，我看著好緊張！』

『是呀！是呀！』小燕子跟著喊：『我養了一隻貓，你們別把我的貓刺傷了！』

乾隆納悶了，奇怪的看了紫薇和小燕子一眼。

爾康和永琪交換著不安的眼神。

皇后不知怎的，熱心得不得了：

『大家仔細搜，兩位格格的安全，就在大家手上了！』

高遠到處都檢查過了，搖搖頭。

『啓稟皇上，到處都乾淨……』

高遠住口，似乎想到什麼，忽然走到床前，呼啦一下，掀開床上的墊被。這是唯一還可能藏人的地方。

紫薇、含香、爾康、永琪、金瑣全部一震。

只聽到『砰』的一聲，墊被下面掉出一個東西，大家瞪眼看去，不是人，而是一個一尺長左右的布娃娃。

紫薇等人，沒有看到蒙丹，就鬆了一口氣。

太后卻奇怪的喊道：

『那是一個什麼東西？容嬤嬤，給我拿來看看！』

容嬤嬤走上前去，拾起布娃娃，漫不經心的說：

「回老佛爺，只不過是個布娃娃，沒想到兩位格格還這麼小孩氣，十八、九歲了，還玩這個！」

「布娃娃？」紫薇好詫異，就去看小燕子：「小燕子！是妳的嗎？」

「笑話！我怎麼會玩這個？是金瑣的吧？」小燕子說。

「不是呀！我從來沒玩過布娃娃！」金瑣說。

太后大疑，神情一凜。嚴肅的說：

「把那個布娃娃拿給我看！」

容嬤嬤捏著布娃娃，突然一縮手：

「咦！奇怪，怎麼會扎手呀？」

乾隆、皇后、令妃、晴兒、爾康、永琪都圍過去看。只見那個布娃娃，是用簡單的白色錦緞縫製，由上而下，寫了一排字，是『辛卯庚午丁巳丙辰』。娃娃上面，還有細小的針，插在身上各處。

太后接過布娃娃，立刻打了一個寒戰，臉色大變。

乾隆跟著勃然變色。爾康、永琪都嚇得驚跳起來，晴兒也臉色慘白。

紫薇看到衆人變色，愕然不解：

「皇阿瑪！有什麼問題嗎？這個布娃娃有什麼來頭？還是有什麼玄機？」

乾隆陷在極大的震驚中，看看紫薇，看看小燕子，大惑不解。

太后再看布娃娃，觸目驚心，全身血液都要凝固了。明白了！她終於明白了！這兩個『民間格格』，用盡心機混進宮來，爲了要取乾隆的性命！她眼神淩厲的看向紫薇和小燕子，當機立斷，厲聲大喊：

『賽威！賽廣！高遠！高達！你們立刻把這個屋子裡的每一個人，不論是主子還是奴才，給我通通抓起來！』

『喳！』賽威等人大聲應著。

侍衛們就往前一衝，抓住紫薇、小燕子、金瑣。其他的人往外衝，去抓明月、彩霞、小鄧子、小卓子。

爾康、永琪大驚，急忙上前。永琪氣急敗壞的喊：

『皇阿瑪！事有可疑，一定要查清楚！』

爾康心驚膽戰，痛喊出聲：

『皇上！紫薇和小燕子不可能做這種事，她們連懂都不懂！你千萬不要中計呀！今晚，所有的事都很離奇，老佛爺，您一定要弄清楚呀！』

小燕子被賽威等人抓得不能動彈，掙扎著，大喊：

『皇阿瑪！這是怎麼一回事？幹嘛要抓我們？我們做錯了什麼？』

乾隆實在太震撼了，太意外了，也太受打擊了，他不斷的看紫薇和小燕子，這兩個他深深喜愛的姑

娘，剛剛還在唱歌祝壽，帶給他最大的驚喜和感動，此刻，竟然搜出這麼可怕的東西來！這是怎麼回事？他覺得一股寒意，從背脊骨迅速的往上竄，遍佈全身，他眼睛發直，一語不發。

皇后高高的抬著頭，怒上眉梢，義正辭嚴的說道：

『我早就知道，她們兩個來歷不明，居心叵測！連這個邪魔玩意，都弄到宮裡來了！』她往前一站，對二人厲聲說：『皇阿瑪這樣愛護妳們，處處護著妳們，給妳們這個特許，那個特許，把妳們看得比真格格還珍貴！妳們不知感恩，居然還敢謀害皇上！簡直喪盡天良，其心可誅！』

太后的臉色，早就青一陣，白一陣。眼神裡滿是恐懼和震怒，聽到皇后這樣說，就顫巍巍的大喊道：

『通通關起來！賽威，把他們男的送男監，女的送女監！暫時送到大內監牢去！等皇上查辦！』

『喳！遵命！』

一群大內高手，就拉著小燕子、紫薇、金瑣出門去。

小燕子驚愕困惑之下，呼天搶地的喊了起來：

『皇阿瑪！你怎麼不說話？難道你也相信我們要謀害你嗎？不要……不要……』她拚命掙扎：『我不要再去監牢，我不要……不要……』

紫薇陷在極大的震驚中，連思想都幾乎停頓了，被動的被拖著走。

金瑣嚇哭了，喊著：

「小姐！小姐，我們又要重來一遍嗎？爲什麼要去監牢？我們不是今天才爲皇上唱祝壽歌，舞獅子，怎麼一下子就要關監牢呢？小姐呀……」

「皇阿瑪！」永琪急喊，衝上前去，往乾隆面前『崩咚』一跪。

「皇上！不要讓悲劇重演！快阻止他們呀！」爾康大急，也往乾隆面前一跪。

含香震驚得一塌糊塗，也上前跪下了：

「皇上！兩位格格，對皇上好得不得了，爲什麼要關她們呀？」

「皇上！查清楚再關也不遲！」令妃也上前跪下了。

「皇帝！」太后急喊：「不要再執迷不悟了！事實勝過雄辯呀！」

乾隆一摔頭，從震驚中醒轉，受傷而痛楚。一揮手，啞聲的說：

「先拉下去！關起來再說！」

三人就不由分說的被拉了下去。小燕子一路慘叫著：

「皇阿瑪！我不要去監牢……不要不要啊……皇阿瑪，你怎麼忍心這樣對我們……關過一次宗人府，還不夠嗎？」

爾康和永琪，眼睜睜看著小燕子等三人，被押解下去，兩人都知道這個布娃娃的厲害，不禁魂飛魄散，肝膽俱裂了。

紫薇、小燕子、金瑣、明月、彩霞全部被關進了大內監牢。這個牢房，嚴格說起來不能算是『監牢』，它只是宮廷裡，臨時禁閉奴才的地方。

侍衛們把五個人一推入房。五個人摔的摔，跌的跌，全部摔成一堆。

監牢鐵柵門『欽鈴哐啷』的闔上，侍衛們踏著大步而去。

小燕子哭著喊：

『我們到底做錯了什麼？那個布娃娃是個什麼玩意？爲什麼找到一個布娃娃，我們就要全部關監牢？』

金瑣也哭著，想到從前，害怕得不得了：

『皇上不是已經認了小姐嗎？怎麼一生氣就把我們關監牢？小姐，妳說話呀，我好害怕，會不會再來一個梁大人，把我們打一頓呀？』

明月、彩霞更是魂飛魄散，嚇得嗚嗚的哭，抱在一起。彩霞哭著說：

『我們會不會被砍頭？我家裡還有爹，不知道死以前，還能不能見爹一面？』

『砍頭？』明月嚇壞了：『妳不要嚇我呀！怎麼會砍頭呢？爲什麼要砍頭呢？』

紫薇終於從震驚中醒來，看著四周。但見四壁蕭然，陰風慘慘。鐵柵外的走廊上，插著兩支火把，光線暗淡的照過來，到處都是陰影幢幢。想必，這個不是監牢的牢房，也有很多冤死鬼吧！

紫薇伸手摟著大家，腦筋已經轉過來，可以思想了，她深思的說：

『我們被陷害了！刺客、布娃娃可能都是預先準備的！這是一場戲，千方百計，把皇阿瑪、老佛爺都引到漱芳齋去！現在，當眾搜出布娃娃，是人證物證，樣樣俱全了！』

『可我想不明白呀……一個布娃娃，有什麼了不起？會讓老佛爺和皇上，都變了臉？』金瑣問。

『自從漢朝起，就有「巫蠱之禍」！我們中國人，就是「迷信」這一關，過不了！』紫薇悲哀的回答。

『什麼鼓什麼禍嘛？』小燕子根本聽不懂，哭道：『我們是不是又要倒楣了？又是皇后搗鬼，是不是？她想殺了我們，是不是？』

紫薇抱緊了小燕子。

『不要哭！小燕子，我們已經經過大風大浪，說不定還能度過這個危機！五阿哥和爾康，會拚死來救我們的！皇阿瑪那麼聰明，如果連我都分析得出來，這是一個陷害，他也會想明白的！』

『他會嗎？我看他臉色發青，一直瞪著小姐和小燕子看！好怕人啊！』金瑣說。

小燕子四面看看，拭去了淚，恨恨的說：

『我就是不該作那首「走進一間房，四面都是牆」的詩！人家說，作詩會應驗的！怪不得我老是被關監牢！早知道，我就寫「走進一間房，四面都是窗」！翻窗子也容易一點！現在，一個窗子也沒有，怎麼辦嘛？』

彩霞可憐兮兮的說：

「我現在只想「走進一間房，裡面有張床」就好了！」

「可我……好想，「走進一間房，裡面有個娘」就好了！」明月說。

「好！」紫薇就擁著大家：「我們就來想像那間房，有窗，有床，還有娘！」

小燕子脫口而出：

「就怕「走進一間房，都是黃鼠狼」！」

「呸呸呸！房間裡怎麼會有黃鼠狼呢？」金瑣連忙要呸掉晦氣。

「像我這麼倒楣的人，要走進一間房，又有窗，又有床，還有娘，那是不大可能的！有一屋子黃鼠狼，倒是可能得很！」小燕子說。

紫薇聽小燕子說得滑稽，忍不住噗哧一聲笑了。紫薇一笑，小燕子也笑了，於是，金瑣、彩霞、明月都跟著笑了。

大家擁抱在一起，雖然落難，仍是淚中帶笑。

18

紫薇說得不錯，爾康和永琪，一定會拚死來救她們的。當她們在監牢裡流淚的時候，爾康和永琪，也在慈寧宮，向乾隆和太后慷慨陳辭。

『老佛爺！皇上！』爾康情急的說：『今晚的事，非常明顯，就是有人要陷害小燕子和紫薇！那個布偶，絕對是個「栽贓」！你們想想看，爲什麼會有刺客，在乾清宮前面現身，然後拔腿就跑？明明是要把我們大家引到漱芳齋去！到了漱芳齋，搜人是假，要找出布偶是真！皇上，請你明察！不要再錯怪格格！』

『這個巫蠱之事，小燕子她們那麼單純，怎麼會做？』永琪也急急說道：『再說，她們對皇上的一片真心，天地可表！就拿今天的祝壽點子來說，都是小燕子想出來的，那首祝壽歌，是紫薇寫的！她們對皇阿瑪這樣用心，怎麼可能會害皇阿瑪？』

『可是，』乾隆困惑的說：『今晚，大家在搜查房間的時候，紫薇和小燕子，爲什麼那麼神不守

舍？那股心虛的樣子，連朕都看出來了！』

爾康和永琪大驚，彼此看了一眼，天啊！真是從何說起？

『她們那有心虛，是皇上多心了！』爾康痛苦的說。

『你們不要再說了！』太后嚴厲的看著兩人：『這個事情，當然要經過調查，如果紫薇和小燕子是冤枉的，一定查得出來！現在，東西搜出來了，總不能不辦吧！你們一天到晚和那兩個格格在一起，有沒有知情不報？有沒有包庇？有沒有同謀？我們都要調查！所以，你們最好閉嘴！回去！明天再說！』

『包庇？同謀？』爾康忍不住喊：『老佛爺，人生最殘忍的事，是把一片忠心，當成惡意！這會抹煞多少忠良，冷掉多少熱血！』

『皇阿瑪！』永琪跟著喊：『就算以前種種，你都忘了！今天發生的事，你不能分析一下，仔細想一想嗎？』

乾隆情緒激動而紊亂，他搖著頭，不敢相信的說：

『不管這個布偶是誰做的，是誰放在那兒的，有人想把朕置於死地，卻是很明顯的事情！朕只要一想到這個，所有的歡樂就都消失了！這件事，帶給朕的衝擊太大了，朕是要好好的想一想！』

爾康急得五內如焚，緊緊的盯著乾隆，激動的說：

『皇上！只怕這個布偶的用意，根本不在皇上，而在小燕子和紫薇身上！是有人要把她們兩個置之死地啊！想想以前的針刺事件，想想梁大人的事件吧！』

『爾康！』太后瞪著爾康，語氣嚴厲：『不要為了維護紫薇，把箭頭指向別人！誣指和栽贓是一樣可惡！這兩個格格，一天到晚溜出宮去，確實古古怪怪，形跡可疑！整個皇宮裡，最有可能做這件事的，就是她們！即使不是她們做的，也可能是那幾個宮女太監做的！或者，是他們集體做的！』

永琪一聽，太后的意思，顯然已經認定是小燕子她們做的，就惶急的喊：

『皇阿瑪！老佛爺要這麼誤會，還說得過去，因為老佛爺沒有看到過去那些驚心動魄的事！但是，皇阿瑪，你怎麼可能誤會呢？』

『皇上！』爾康也急喊：『以前的每件事情，還在眼前啊！再想想紫薇為皇上擋刀的事吧！如果她要害皇上，她怎會擋那把刀呢？』

乾隆認真的看著爾康和永琪，其實，他們兩個的話，句句都打進他的內心，讓他震動著。但是，他的情緒依舊混亂，一時之間，實在理不出頭緒。就一拂袖子說：

『那兩個丫頭，無論如何，總是嫌疑犯！你們下去吧！朕會仔細調查這件事，你們不要再說了！去吧！』

爾康和永琪無奈已極，爾康就抬眼去看晴兒，眼神裡，盡是哀懇之色。晴兒站在那兒，神色嚴重，接觸到爾康的眼光，就對爾康暗暗的搖了搖頭，表示自己也無能為力。爾康只得顫聲說道：

『臣告退！』

永琪和爾康站起身來，乾隆一抬頭，警告的說：

『你們兩個，小心一點！那個大內監牢，朕已經派了重兵把守，絕對不允許再發生劫獄事件！爾康，不要害了你的阿瑪和額娘！永琪，不要讓朕對你徹底失望！』

爾康永琪大震，兩人臉色都蒼白如死。

那夜，學士府也是一團亂。福倫和福晉，嚇得魂飛魄散了。好不容易，以爲爾康這個『額附』已經當得穩穩當當的，錦繡前程，美滿姻緣，指日可待！怎麼又會發生這個飛來橫禍？福倫看著六神無主的爾康，沈重的說：

『爾康，這次的事情真的嚴重了！在宮裡，對這種事情，最爲敏感！碰到了這種事，是寧願錯殺一百人，也不願放過一個人！』

爾康急得形容憔悴，哀求的看著福倫和福晉：

『阿瑪，額娘，求求你們，快想辦法救救她們吧！我也知道這次事態嚴重，但是，紫薇她們是無辜的呀！這件事，明明就是皇后在栽贓！但是，老佛爺完全和皇后一個鼻孔出氣……皇上也好奇怪，聽不進我們的話！我只怕拖下去，紫薇和小燕子又會很慘！』

福晉滿房間繞著圈子，心痛的說道：

『紫薇怎麼這樣命苦？好不容易當了格格，又碰到這樣的事！』她看著福倫：

『我們有辦法可想嗎？令妃娘娘說話有用嗎？』

『怎麼會有用?妳想想看，老佛爺是皇上的親娘呀!那個親娘不愛自己的兒子?看到布偶，她就膽戰心驚了!即使她心裡存疑，即使她認爲可能是「陷害」，她還是會除去這個嫌疑犯，就是我說的，可以錯殺，不能失誤!何況，她一直就沒有喜歡過小燕子和紫薇!』

『阿瑪這樣分析，就是說，她們毫無希望了?其實，那只是一個布娃娃，那會要人命呢?我去弄一百個布娃娃來，全體寫上我的生辰八字，給老佛爺看看我會不會死?』爾康急得跳腳。

『爾康，你不要嚇我!』福晉大驚。

『連你們也相信那個布娃娃會要人命，是不是?』爾康瞪著福晉。

『鬼神之事，我絕對不拿祂開玩笑!』福晉說:『爾康，你的阿瑪額娘年紀大了，禁不起這樣的風風浪浪!自從你和紫薇來往以後，我真是沒有一天好日子過!現在，又發生這麼大的事，你千萬不要輕舉妄動了!我知道你愛紫薇，但是，你也要愛惜父母呀!』

爾康痛楚的一皺眉頭:

『我知道，我讓你們這麼操心，實在不孝極了!可是，我現在已經六神無主了!想到紫薇又被關在一個暗無天日的地方，未來會遭遇些什麼不幸，還不知道!我真的痛不欲生!我連思考的能力都沒有了!老天!要怎樣才能把她們救出來呀!』

福倫深思的看著爾康:

『你不要跳腳了，整個事件你都在場，應該冷靜下來，分析一下!除非抓到真正陷害紫薇的那個

人，你無法救紫薇！』

『真正陷害紫薇的人，就是皇后呀！一定是她！但是，怎麼抓得到呢？』

『你不要大呼小叫好不好？雖然是自己家，也是隔牆有耳呀！』福晉急忙警告。

福倫凝視爾康：

『我立刻進宮去見皇上，看看能不能幫上什麼忙！至於你呢，應該趕快去調查一下！那個刺客是個關鍵人物！如果他跑進漱芳齋就不見了，當時，有沒有侍衛從裡面跑出來？再有……是誰掀起床墊的？是誰發現布娃娃的？』

爾康如醍醐灌頂，被點醒了，整個人跳了起來。

『阿瑪！你不愧是大學士！』

爾康掉頭就衝出門去了。

爾康拂曉進宮，直接到了永琪那兒。兩人分析了一下，立刻把高遠和高達傳進了景陽宮。

爾康看到高遠、高達，就厲聲說：

『你們兩個，對我從實招來吧！你們做了什麼好事，我已經完全知道了！你們假扮刺客，把大家引到漱芳齋，脱掉夜行衣，換了真實面目出來，再和大夥一起搜捕刺客！然後掀開床墊，露出布娃娃！你們好大的膽子，敢在老佛爺、皇上、五阿哥和我的面前玩花樣！你們兩個，不要命了！』

高遠、高達跪在地上，彼此互看，眼神堅定。高遠就磕頭說道：

『冤枉啊！福大爺！奴才是你的親信，怎麼可能做這種事？』

高達接口說道：

『是呀！還珠格格和紫薇格格對我們恩重如山，奴才感激都來不及，怎會陷害她們呢！您千萬要明察，不能冤枉格格，也不能因為要給格格脫罪，就冤枉奴才呀！』

永琪大聲一吼：

『還敢狡辯！除了你們，沒有別人能夠進漱芳齋，然後消失蹤影！明明就是你們兩個搗鬼，還不供出是誰的指使？難道要我把你們送到刑部問罪，才要說出真相嗎？』

『五阿哥，福大爺！今天就是把奴才送到刑部，奴才也是這幾句話！再沒有第二種答案！奴才兄弟兩個，自小在宮裡當差，三代都是宮裡的諳達，絕對不會做這種傷天害理的事！奴才們行得正，不怕調查！』高遠堅定的說。

『就是！如果五阿哥和福大爺懷疑咱們兩個，就把咱們送去刑部吧！咱們被派到漱芳齋，一直忠心耿耿，現在還被這樣懷疑，奴才們也覺得灰心了！福大爺！您栽培一番，落得這樣下場，奴才給您請罪了！』高達就傷心的磕下頭去。

爾康和永琪，看到兩人如此信誓旦旦，竟然沒有把握起來，彼此互看。

『高遠！』爾康就厲聲問：『你口口聲聲說你沒有做這件事，那麼，你為什麼會去掀床墊？是不是有人要你掀的？那個床墊薄薄一層，裡面要藏人，不是太勉強了嗎？你怎麼會去掀它？你如果實話實

說，我還可以饒你一死！』

『冤枉啊！奴才真的以爲刺客藏在床墊底下！完全是爲格格們的安全著想啊！當時，奴才已經把可能的範圍通通搜過了！』高遠喊。

『那麼，在我追刺客追到漱芳齋的時候，你從裡面出來，難道沒有看見刺客進去嗎？怎麼可能？』

『奴才什麼都沒看見！如果福大爺這樣推算，那麼，任何一個侍衛都可能假冒，不一定是奴才！爲什麼福大爺不懷疑別人，一定要懷疑奴才呢？』

爾康被問倒了。永琪就把爾康一拉，拉到窗邊去。低聲說：

『不要因爲我們兩個方寸大亂，就懷疑每一個人，萬一冤枉了他們，我們豈不是和冤枉小燕子紫薇的人，一樣可惡嗎？』

『你說得對！』爾康沮喪的點頭。

爾康和永琪，還沒有找到營救紫薇她們的方法，那大內監牢裡，已經有變。

五更剛過，獄卒就來到監牢前面，打開了鐵柵。

獄裡的五個姑娘，正冷得發抖，大家蜷縮著身子，彼此緊緊的靠在一起，抵禦寒氣，整夜沒有闔眼，每個人都形容憔悴。看到獄卒進來，大家精神一振。小燕子就跳了起來，興奮的嚷著：

『是不是皇阿瑪想明白了？』

幾個獄卒當門一站，高聲宣布：

『紫薇格格有請！』

紫薇一驚，惶恐的站起身來，小燕子撲上前去：

『什麼叫做紫薇格格有請？要請就一塊兒請！這兒有五個人呢！』

『只請紫薇格格！』幾個獄卒，就拉住紫薇：『走吧！』

『你要拉我去那裡？我們五個一起，不要分開！』紫薇緊張的喊。

『那可由不得妳！』

獄卒就把紫薇強行拉走了，『哐啷』一聲，鐵門再度鎖上。

金瑣撲在鐵柵上，淒厲的喊著：

『小姐……小姐……小姐……』

小燕子也撲在鐵柵上，大喊大叫：

『紫薇……紫薇……紫薇……』

明月、彩霞大喊著『格格』，紫薇就在這一片喊聲中，被帶到了慈寧宮。

進了慈寧宮的後門，拐彎抹角走了一段路，紫薇被推進一間密室。她驚恐的四看，好像回到了坤寧宮的密室，只見高高的窗，高高的牆，暗沈沈的光線，和好多面無表情的太監。她心慌意亂，還沒弄清楚這是什麼地方，便有好多太監上前，把她五花大綁，綁在一個刑具上。整個人成爲一個『大』字狀直

立在那兒。

『你們要幹什麼？幹什麼？』紫薇驚喊。

太監們抓起了她的雙手，紫薇只覺得手指一陣劇痛，已經上了夾棍。

紫薇魂飛魄散，大叫：

『不要這樣呀！不要……不要……』

腳步篤篤傳來，紫薇抬頭，驚見太后、皇后站在面前。容嬤嬤、桂嬤嬤兩邊侍候，衆嬤嬤立於身後。

紫薇一見這等架勢，又見皇后在場，已知大事不妙，心驚膽戰的看著太后。

太后就厲聲問：

『紫薇！關於這個布偶的事，妳就從實招了吧！免得皮肉受苦！妳什麼時候把這個布偶弄進宮的？爲什麼要害皇阿瑪？是誰要妳做的？說！』

『老佛爺！』紫薇痛喊出聲：『我對天發誓，我從來沒有看過這個布娃娃！根本不知道它怎麼會在我的床墊底下！』

皇后轉頭，對太后說道：

『臣妾早就知道她會賴得乾乾淨淨！她的功夫可大著呢，當初，沒有經過選秀女，沒有經過內務府，就能混進宮來當宮女。接著，把皇上唬得團團轉，居然帶她去出巡！然後，不知道怎麼弄出一件刺

客事件，就平步青雲，到今天的地位！老佛爺，您想想，一個小女子，怎會有這麼大的魔力？臣妾以爲，一定是個妖女！』

太后頷首，心有同感，就大聲說：

『紫薇！妳再不招，就要用刑了！說！』

『老佛爺！』紫薇哀聲喊：『我對皇阿瑪，充滿了崇拜，充滿了親情，我怎麼都不可能要害皇阿瑪！老佛爺！我知道妳不信任我，也不喜歡我，可是，請不要把我對皇阿瑪的一片真心，扭曲到這個地步，那實在太殘忍了！』

『妳不要再狡賴了！』皇后厲聲說道：『東西在妳的床墊底下，所有的人都親眼目睹，妳還有什麼話說？』

紫薇不看皇后，只看太后：

『我是冤枉的！有人要陷害我……太后，請明察！』

『妳就坦白招了吧！』太后盯著紫薇：『妳們是不是白蓮教的人？如果不是妳做的，是不是小燕子做的？妳們受誰指使？快說！』

『白蓮教？』紫薇大驚：『天啊！小燕子連「巫蠱」是什麼都不懂，她怎麼會做這種事？』

太后抓住了紫薇的語病，深信不疑了，銳利的看著紫薇：

『她不懂什麼叫「巫蠱」，顯然妳懂！』

紫薇大大一震：

『老佛爺，我懂並不表示我會去做呀……』

容嬤嬤俯身對太后低語：

『這個丫頭強得很，不用刑，她是不會招的！』

『妳要逼我用刑嗎？』太后問。

『殺死我，我也不能承認我沒做過的事呀！』

太后就一聲令下：

『用刑！』

立刻，夾棍開始收緊，紫薇覺得，自己的十根手指，全部被絞斷了一般，劇痛鑽心，忍不住慘叫起來：

『哎喲……哎喲……老佛爺，救命啊……救命啊……』

『妳招不招？』皇后冷冷的問。

『我如果屈打成招，皇阿瑪一定以爲這是真的，他會多麼傷心呀！我沒有……沒有……沒有就是沒有……』

容嬤嬤對行刑太監做了一個手勢，夾棍再度夾緊。

紫薇痛得椎心斷腸，冷汗從臉上滾落，臉色蒼白如紙，慘叫連連：

『啊……啊……老佛爺！看在菩薩份上……救我……救我……爲什麼要這樣對我……請妳仁慈一點吧……』

『對一個要謀害皇帝的人，我如何能救？如何能仁慈？』太后怒道：『對妳仁慈，就是對皇帝不慈！如果妳是冤枉的，那麼，一定是妳屋裡那幾個丫頭做的！妳是不是真的不知道？妳不招，我就一個個的審問她們，總有一個會招！』

紫薇大震，天啊！難道太后還要對小燕子金瑣她們用刑？這種痛楚，她們怎麼受得了？正在想著，夾棍再度收緊，紫薇痛得快要暈倒了，慘叫出聲：

『我招了……我招了……請不要再這樣了，我實在受不了了……是我做的……是我一個人做的！』

『真的是妳做的？小燕子幫妳忙做的，所有的丫頭奴才一起合作，是不是？』太后緊緊的盯著她。

『不是不是！是我一個人做的，小燕子她們都不知道……不知道……』

『妳爲什麼要做呢？』太后疑惑的問：『皇上已經封妳爲格格，又把妳指給了爾康，妳還有什麼不滿意？爲什麼要謀害皇上？』

紫薇一怔，無言以答。睜大眼睛，痛楚的看著太后。

容嬤嬤又一個暗示，夾棍再度收緊。紫薇覺得，自己的手指已經全部碎掉了，痛得不知道怎麼思考，只想趕快結束這個折磨，就大喊：

『哎喲……哎喲……我招，我招……是我……要給我娘報仇……皇阿瑪讓我娘等了一輩子，怨了一

輩子，恨了一輩子……我要給我娘報仇……報仇……報仇……』

皇后和太后對看一眼。皇后點頭說：

『這就是了！』

當紫薇『屈打成招』的時候，乾隆和福倫正在懇談。乾隆一夜沒有睡，整夜在思索這件『巫蠱事件』。天才剛剛亮，福倫就進宮來了。君臣二人，在御書房裡單獨見了面。

『皇上！臣知道，宮裡出現「巫蠱」，帶給皇上的震驚一定非常巨大！但是，巫蠱之說，早已不攻自破，那個小小的布偶，想要發生什麼作用，臣以爲完全是無稽之談！就拿目前來說，聖上神清氣爽，身強體健。顯然那個布偶根本沒有作用，爲一個無用的東西，鬧得宮裡人人自危，恐怕因小失大，請皇上三思！』福倫說得條理分明，分析得十分透徹。

乾隆點點頭，神色黯然。

『再說……』福倫繼續說：『如果要臣相信紫薇格格，或是還珠格格要傷害皇上，那是絕不可能的事！非但她們不會傷害皇上，如果她們知道有人要傷害皇上，她們還會和人拚命！這一點，臣願用項上人頭，爲兩位格格擔保！』

乾隆再點頭，深深一嘆，盯著福倫：

『其實，朕已經想了一夜，紫薇和小燕子，以前的點點滴滴，現在的種種種種，都明明白白的擺在

朕面前。她們一直親切得像朕的左右手，那有自己的手，會害自己呢？所以，朕對她們，已經再也沒有懷疑了！』

『皇上聖明！』福倫驚喜交集。

『但是，現在所有的證據都指向漱芳齋，朕想到幕後種種，真是不寒而慄！如果抽絲剝繭，去一重重的追查，不知道會抖出多少祕密？牽連多少人？朕只要下令查辦，恐怕整個後宮，會天翻地覆！』

福倫一震，看著乾隆，君臣眼神的一個交會，彼此已經深深瞭解。

『目前，嬪妃之間，各有派系，老佛爺又有她偏愛和信任的人，朕怎樣也不能傷了老佛爺的心！到時候，犯罪的人爲了脫身，沒犯罪的人爲了自清，再加上其他的彼此傾軋，一定會演變成這個咬那個，那個咬這個……朕只要一想到漢武帝時的「巫蠱之禍」，死了幾萬人，就全身冒冷汗了！再想到當初的直親王，那件喇嘛的「魘魅」事件，讓父子反目，兄弟相殘……朕就毛骨悚然了！』

福倫不由得對乾隆肅然起敬：

『原來皇上已經想得那麼透徹了！』

『所以，除非拿到確切的證據，根本不能聲張，以免案情擴大！就算拿到確切證據，能不能公開，能不能處置，都是一個問題。昨晚，朕就非常疑心，只是一時之間，腦筋有點轉不過來。現在想明白了，又代紫薇和小燕子膽戰心驚。你想，儘管有爾康和永琪親自保護，高手環侍，漱芳齋還是有人可以出沒自如，那麼，如果有人非要置那兩個丫頭於死地，取她們的性命也不難了！或者，監牢裡還是最安

全的地方！不如讓她們兩個暫時住幾天，等到朕想明白怎麼辦再說！爾康和永琪那兒，你讓他們稍安勿躁！』

福倫這才恍然大悟，心裡又是感動，又是佩服：

『皇上英明！跟皇上這樣一談，臣才明白了。但是，那兩個格格，畢竟是女兒身，現在天氣又冷，監牢裡寒氣重，只怕兩位格格會吃不消啊！』

乾隆再點頭，憂形於色。

『還有……』福倫急道：『皇上雖然並不相信巫蠱，可是，老佛爺卻信得厲害，老佛爺和皇上母子情深，保護皇上的念頭賽過一切，只怕我們還來不及調查真相，洗清兩位格格的嫌疑，老佛爺就會採取行動了！』

乾隆被提醒了，不禁打了一個冷戰。

『不管怎樣，先去上朝吧！上朝之後，立刻來辦這件事！』

紫薇被帶回監牢的時候，已經兩手紅腫，身心俱傷。她倒在地上，臉上又是汗，又是淚，蒼白如死。

小燕子、金瑣、彩霞、明月全都撲了上去。金瑣嚇得面無人色，驚喊著：

『小姐！他們把妳怎樣了？小姐！小姐……』

『紫薇！妳被他們用刑了，是不是……』小燕子看到紫薇受傷的手指，目眥盡裂。『我要把你們殺了！』她對獄卒衝了過去。

明月、彩霞脫下背心，去包著紫薇，喊著：

『格格！格格……老天啊！菩薩啊……』

獄卒一把抓住衝來的小燕子：

『現在，有請還珠格格！』

『我不去！我不去……你們想弄死我們，我不去……』

一群侍衛往裡面一站。說道：

『格格不要讓奴才們動手！』

小燕子那裡肯聽，一拳就打了過去，同時，幾個連環踢，踢向侍衛，身子就向監牢外面飛竄。但是，侍衛武功高強，三下兩下，就把小燕子制伏了。

侍衛就挾持著小燕子往外拖。小燕子狂喊著：

『我不要去！我不要去……』

紫薇用力的撐起身子，勉強的抬起頭來，喊著：

『小燕子，我已經招了……妳不要再吃虧……』

小燕子還沒聽清楚，就被拉走了。

小燕子也被帶到密室裡。

小燕子抬頭一看，太后、皇后、容嬤嬤、桂嬤嬤和許多嬤嬤太監站在面前。太監就要上來綁小燕子。刑具觸目驚心的放在那兒。

小燕子一掙就掙脫了太監，瞪大眼睛，喊道：

『不要綁我了！妳們要問什麼就問吧！』

太后就盯著小燕子：

『小燕子，剛剛紫薇已經招了，那個布娃娃是她做的，她說妳們都是白蓮教的餘孽，是不是？』

小燕子瞪大眼睛：

『白蓮教？誰說我是白蓮教的？我明明是紅蓮教！』

容嬤嬤對太后低低說道：

『老佛爺，這個丫頭，最會東拉西扯，分散別人的注意力，老佛爺要小心！』

太后就厲聲喊道：

『紫薇都招了，妳還有什麼可說？妳和紫薇，是不是一黨？』

小燕子看看太后，又看看皇后。咬牙切齒的大叫：

『紫薇招了！妳們對她用刑，妳們折騰她，逼到她非招不可……妳們好殘忍，好狠心！』就一摔

頭，豪氣的說：『老實告訴妳們吧，那是我做的！妳們不要再去欺負紫薇了，她身子弱，禁不起妳們打打夾夾……一個布娃娃，有什麼了不起？我做了一大堆！好了吧！』一面說，一面拍著胸口：『我一人做事一人當，要頭一顆，要命一條！妳們不要打這個打那個了！把她們和小鄧子、小卓子通通放掉吧！』

『妳招了？是妳做的？』太后盯著她。

『我招了，是我一個人做的！和他們大家都沒有關係！』小燕子抬頭挺胸說。

『妳爲什麼要謀害皇阿瑪？』太后繼續問。

小燕子楞了楞，爲什麼？天知道爲什麼？她一仰頭：

『妳說爲什麼就爲什麼！因爲我想不清楚，也說不明白！』

『那個布娃娃上面寫的是什麼字？』

小燕子眼睛一瞪，驚道：

『那上面還有字啊？大概是「嘛咪嘛咪急急如律令」！』

皇后急忙湊到太后耳邊：

『老佛爺，妳不要被她唬弄過去，她最會裝瘋賣傻這一套！她是漱芳齋的頭兒，會很多妖法！依臣妾看，這件事整個漱芳齋都脫不了干係，恐怕大家都串通了！』

容嬤嬤就在一邊恭敬的點頭：

『奴才也是這麼想！』

小燕子大叫著說：

『皇后娘娘，容嬤嬤！妳們喜不喜歡蜜蜂？要不要我再施展「妖法」，讓妳們嚐嚐「滿頭包」的滋味？當心喲，我今晚會讓妳們的床上，變出幾千幾萬條毒蛇出來，把妳們渾身咬得稀巴爛！』

容嬤嬤就嚇得一跳，急忙對太后說道：

『老佛爺，妳聽！她還要弄妖法呢！上次我們被蜜蜂追趕的事，宮裡人人都知道！現在，這個毒蛇，說不定真的會來！』

小燕子仰頭大笑了：

『哈哈哈哈！不止毒蛇，還有幾百個癩蝦蟆，幾千條蜈蚣，幾萬條螞蟥，爬滿妳們的床！爬到妳們頭髮裡，耳朵裡去！』

皇后被她說得背脊發麻。太后聽到這樣的詛咒，氣得臉色發青：

『居然膽敢這樣詛咒皇后，不是妖女，也是潑婦！把她拉下去！把那些奴才帶來！』

小燕子被拖了下去，輪到金瑣、明月、彩霞、小鄧子、小卓子五人，全部被帶進密室，跪了一地。

金瑣情急的痛喊著：

『老佛爺！妳不要相信小姐的話，她都是要保護奴婢，才承認那是她做的！其實，那個布娃娃，是奴婢做的！和小姐一點關係都沒有！請妳饒了小姐，懲罰奴婢吧！』

明月、彩霞、小鄧子、小卓子看著一邊的刑具，觸目驚心。彩霞就磕下頭去，顫聲說道：

『老佛爺！請開恩！兩位格格心地好，最愛奴才，老佛爺上次也親眼看到了！這個娃娃，是我做的！』她雖然挺身而出，想代紫薇受過，卻嚇得不得了，發著抖：

『我不知道不可以做布娃娃，就做了一個！是我，是我！』

明月見彩霞這樣說，就也發抖說道：

『老佛爺，是我！布娃娃是我做的！』

小鄧子見三個丫頭都這樣義氣，就也挺身而出了：

『老佛爺！不是她們，是奴才！以爲做個娃娃很好玩，就做來玩兒，不知道這樣是闖了大禍！』

『還有我！還有我！』小卓子趕緊搶著認罪，拚命磕頭：『那個娃娃是奴才做的！奴才該死！奴才該死！請老佛爺開恩，饒了兩位格格吧！她們真的是世界上最好的格格呀！』

太后聽到五個人搶著認罪，實在震撼，也實在困惑。

容嬤嬤就謙卑的在太后耳邊說：

『老佛爺看到了吧？那兩個格格如果不是有妖法，怎麼會把這些奴才收得服服貼貼？連上斷頭台的事，他們也搶著承認，這未免太不尋常了！』

皇后就進一步說：

『不管怎麼樣，這個漱芳齋裡的人，是通通認罪了！假若那個布娃娃和他們真的沒有關係，也不至

於人人認罪吧！這些人裡面，總有一個是主謀，其他的是共犯！』

正說著，外面傳來太監的大聲通報：

『皇上駕到！五阿哥到！福大爺到！』

太后、皇后、容嬤嬤臉色一凜。趕緊到大廳去迎接乾隆。

原來，乾隆一下朝，爾康和永琪就迎上前來，告訴乾隆，已經得到消息，太后拂曉時分，就開始審問紫薇和小燕子！乾隆一聽，心驚膽戰，知道事不宜遲，急忙帶著兩個年輕人來到慈寧宮。

太后和皇后，帶著容嬤嬤等人，匆匆出來迎接。乾隆看到皇后和太后一起從內室出來，心裡立刻一寒，眉頭一皺。大家匆匆問安畢，乾隆就倉卒的說：

『聽說母親一早就審問了那兩個丫頭，不是說好，朕要親自審問的嗎？怎麼沒有等朕來？』

『只怕皇帝心存仁厚，問不出結論來！這後宮的事，我能爲你代勞，也就代勞了！事事都要你親自處理，你那有那麼多時間呢？』太后說。

乾隆就急問：

『那麼，皇額娘問出結論了嗎？』

『他們全體招了！』

爾康和永琪嚇了一大跳，兩人同時驚喊：

『招了？怎麼會招了？』

皇后太得意了，忍不住插嘴：

『皇上！整個漱芳齋，兩個格格，三個丫頭，兩個奴才，全部都招了！這個巫蠱事件，是他們集體的傑作！幸好老佛爺英明，都問得清清楚楚了！』

永琪大叫：

『不可能的！小燕子一定不會招的！如果她招了，一定有不得已的原因！』

爾康也激動得一塌糊塗，掉頭看乾隆：

『皇上！紫薇可以爲皇上去死，怎麼會招出她没做過的事！請皇上明察！』

乾隆就急急說道：

『把他們通通帶來，朕要自己問問清楚！』

片刻以後，紫薇、小燕子、金瑣、小鄧子、小卓子全部帶來了。大家看到乾隆，真是說不出來的傷痛，大家都身子一矮，全部跪倒。

紫薇才跪下，已經不支，身子一歪，差點摔倒。金瑣急忙扶住。

乾隆震動的看著紫薇，只見紫薇臉色慘白，身子搖搖欲墜。就驚喊：

『紫薇，妳怎麼了？』

紫薇還没說話，小燕子眼淚一掉，哭著大喊：

『皇阿瑪！昨天，我們還爲你唱歌祝壽，放焰火猜謎語，我快樂得像老鼠，幸福得要死掉……没想

到，馬上就把我們關監牢，一早就帶走紫薇，對她用刑，逼她招供……』

乾隆、爾康、永琪同時喊出：

『用刑？』

『紫薇！』乾隆急忙彎身去看紫薇：『誰對妳用刑？用了什麼刑？在那兒用刑？給朕看，妳什麼地方受傷了？』

紫薇不穩的磕下頭去，一面落淚，一面哽咽的說：

『皇阿瑪！你問這幾句話，證明你還關心我！紫薇心滿意足，那個布娃娃，紫薇已經招了，請處罰我一個人，饒了不相干的人吧！』

小燕子一聽，立刻激動的喊：

『我也招了！要處罰，處罰我一個人好了！我皮厚，不怕打！』

金瑣就磕頭嚷道：

『皇上聖明！不是她們，是我！是我一個人做的，罰我吧！饒了小姐！她真的沒有做呀！』

明月、彩霞、小鄧子、小卓子就異口同聲的喊：

『是我！是我！不是她們！』

乾隆震撼極了，抬頭看著太后：

『所謂「招了」，是這樣「招了」！皇額娘，妳也信了？』

太后盯著乾隆，心裡也覺得有些不對了：

『那……依皇帝看，是怎樣呢？』

爾康看到憔悴的紫薇，早就心痛如死，忍不下去了，對乾隆一跪，含淚說道：

『皇上！紫薇爲了認爹，已經受盡千辛萬苦，不要再屈打成招，讓她的一片孝心，變成百口莫辯的弑親大罪！如果這樣，你讓她情何以堪？』

爾康幾句話，說到紫薇心坎裡，紫薇就再也忍不住，伏地痛哭了。

皇后生怕再有變數，急忙上前，大聲喝斥：

『爾康！你好大膽子，膽敢說老佛爺「屈打成招」！』

就在這時，晴兒走了過來，手裡，拿著一疊錦緞，和那個『布娃娃』。晴兒屈了屈膝，不亢不卑的，條理分明的說道：

『老佛爺，皇上，皇后娘娘！晴兒有幾句話，不能不說！這個娃娃，從昨兒個起，就在晴兒手上。晴兒已經仔細研究過了，這個縫製娃娃的白色錦緞，正好和上次蘇州織錦廠送進宮的雪緞一模一樣。證明這個娃娃，不是宮外帶進來的，是宮裡的人做的！晴兒記得，這個錦緞，當時老佛爺留了一些，剩下的只給了宮裡很少的幾個娘娘，並沒有分給漱芳齋。只要到敬事房查一下，大概查得出來是給了那幾個娘娘！』

晴兒這篇話，震動了房裡每一個人。皇后一驚，容嬤嬤倏然變色。

乾隆和太后全部大震，瞪著晴兒手裡的布娃娃。

爾康、永琪驚看晴兒，此時此刻，真是說不出的感激與敬佩。

太后就驚喊道：

『晴兒，妳說的話是真的嗎？』

『布娃娃在這兒，雪緞也在這兒，請老佛爺比較看看！』晴兒遞上兩樣東西。

太后就急急忙忙去比較那個娃娃和錦緞。

小燕子這下得理不饒人，大喊起來：

『皇阿瑪！你趕快下令，把那幾個娘娘通通關起來！再用夾棍夾一夾！說不定有一大車的犯人！』

乾隆驚喊：

『夾棍！紫薇，妳被夾棍夾了嗎？給朕看看妳的手！』

『皇阿瑪！不要看了！』紫薇想把雙手藏起來。

小燕子不由分說，一把拉起紫薇的手，給乾隆看。

『你看！你看！腫成這個樣子，不知道骨頭有沒有斷？如果斷了，誰來彈琴給皇阿瑪聽？誰來陪皇阿瑪下棋？』

大家睜大眼睛看去，只見紫薇的十個手指，腫得像蘿蔔一樣，因爲瘀血，青青紫紫，慘不忍睹。

爾康一看，心臟猛的一抽，痛楚得快要死掉。

乾隆怒喊：

『爾康！快傳令敬事房，馬上查明回報！』

爾康眼睛都漲紅了，義憤填膺，大聲回答：

『臣領旨！』

爾康站起身子，轉身要走。紫薇急喊：

『爾康！等一等……』

爾康站住，回頭看著紫薇。

紫薇匍伏向前，伏在乾隆腳下，再仰頭看著乾隆，誠誠懇懇的說道：

『皇阿瑪請息怒！自從秦漢以來，歷史上的巫蠱事件，每次都牽連好多人，被冤死的人無數！而且，讓整個宮廷，人心惶惶。如果皇阿瑪相信紫薇和小燕子是無辜的，這件案子可不可以到此爲止？紫薇相信，皇阿瑪洪福齊天，一個布娃娃，絕對不能傷害皇阿瑪！但是，追究下去，對皇阿瑪的傷害，對老佛爺的傷害，對整個皇室的傷害，都會非常嚴重！皇阿瑪，請不要再追查了！』

紫薇幾句話，句句說進乾隆內心，乾隆瞪著紫薇，震撼極了。

晴兒就一步上前，也對乾隆跪下了。也是一臉的誠摯，說道：

『紫薇的話，說中了最重要的地方！這件事，不論是誰做的，經過這樣一鬧，她自己一定心裡有數！如果紫薇和小燕子不追究，等於是兩位格格放她一馬！晴兒想，人心都是肉做的！讓那個人感動，

還是比讓她砍頭好！』

紫薇聽到晴兒這幾句話，正是她想說的，不禁驚看晴兒。晴兒也轉頭看她，兩個女孩的眼光接觸，都有著複雜的折服和瞭解。

皇后聽了晴兒這幾句話，臉色忽青忽白。容嬤嬤已經面無人色。

太后看看紫薇，心裡著實後悔，就鐵青著臉，震怒的說：

『不行！如果有這麼一個人，做了布娃娃要害皇帝，再定計要害格格，這樣罪大惡極，怎能放她一馬？如果她繼續造孽，豈不是還要害人？』

皇后渾身，掠過一陣寒慄。

乾隆瞄了皇后一眼，恨恨的咬牙，大聲說道：

『對！應該把她揪出來，五馬分屍，凌遲處死！』

皇后和容嬤嬤雙雙一顫。

19

乾隆雖然嘴裡叫嚷著要立刻查辦這件案子，但是，並沒有馬上行動。皇后和容嬤嬤就慌慌張張回到坤寧宮。走進房間，容嬤嬤急急的關門關窗。皇后看到每扇門窗，都已嚴密關好，才緊張的問：

『妳怎麼如此粗心？會用雪緞去縫製布娃娃？』

『是奴婢的疏忽！』容嬤嬤懊惱極了：『當時，只想用一塊不起眼的料子，在一堆零頭布料裡，這塊顏色最素，看起來也沒有什麼特色，奴婢根本不知道這是雪緞，還以爲就是普通的襯裡雪紡！奴婢該死！』

『別說奴婢該死了，已經是這樣，懊惱也沒用了！現在，我們要怎麼辦呢？皇上和老佛爺那個樣子，好像是非查不可！妳看，我們還能脫罪嗎？』皇后害怕的問。

容嬤嬤鎮定了一下自己：

『娘娘先不要慌了手腳，奴婢想，就算敬事房有記錄，查得出來那兒有這個料子，也不能咬定是咱

們做的！如果有料子的人都有罪，牽涉的人就多了！想必皇上不敢這樣做！反正，我們咬定沒做就對了！這個事情，並不是查到是雪緞就算破案了，還是什麼證據都沒有！』

『是啊！』皇后驚魂稍定：『不過只查到雪緞而已，又不能證明什麼！』

『對！如果老佛爺她們懷疑到娘娘，娘娘就喊冤，要求徹查宮裡所有的雪緞，奴婢這幾天，就到每個宮裡安排安排……讓令妃娘娘那兒有，香妃娘娘那兒也有，至於漱芳齋，還是可以有！』

皇后眼睛一亮。

『妳安排得好嗎？不會再出狀況吧？』

『娘娘放心，交給奴婢吧！這次，我一定會非常小心的！』

『還有那些侍衛，嘴巴封住沒有？高遠高達可靠嗎？』

『如果事機不密，他們也是腦袋搬家的大事，娘娘想，他們既然蹚進這個渾水裡去了，就只能硬著頭皮撐到底……誰會拿自己的命來開玩笑呢？』

皇后點頭，眼光閃爍，心裡，仍然在害怕著。容嬤嬤想想，又說：

『不過，現在情況對我們不利，只得便宜了那兩個丫頭。暫時，沒有辦法治她們了！娘娘在老佛爺面前，恐怕也要小心一點，那個晴兒，實在太機伶了！娘娘千萬千萬留心，不要露出心虛的樣子來！也不要再和那兩個丫頭作對！』

皇后心有餘悸，不住點頭。

『妳真的認爲，我們還能脫身？』

『只要娘娘抵死不承認，誰能把這麼大的罪名硬扣給娘娘？何況，娘娘還是皇后！比那幾個毛孩子，總是地位崇高多了！如果鬧大了，豈不是整個朝廷都會震動？娘娘的娘家，那拉氏家族，也不會善罷干休吧！』

皇后再點頭，其實，心裡七上八下。

容嬤嬤正視皇后，再加了一句：

『奴才想，萬歲爺即使懷疑娘娘，這麼大的事，也會有忌諱！娘娘，妳儘管抬頭挺胸，不要害怕！』

皇后勉強的應著，臉上，仍是帶著深深的恐懼。

乾隆顧不得皇后，因爲，他正在漱芳齋，親眼看著太醫治療紫薇。

紫薇半坐在床上，拚命忍著痛，太醫正用繃帶一層層的包紮著她那腫脹的手指。

乾隆、令妃、爾康、永琪、小燕子都焦急的站在一旁看。

金瑣、明月、彩霞都在幫忙太醫，托著藥盤，遞繃帶、剪刀。

『哎喲……哎喲……』紫薇忍不住了，痛得眼淚直流，臉色白得像紙一樣。

爾康拚命吸氣，好像痛的是他自己，嘴裡不停的喊：

『輕一點，太醫！拜託……輕一點……』

『沒辦法，格格，妳只好忍一忍！』太醫小心翼翼的包紮著，說道：『臣知道很痛，可是一定要包紮固定，不然，恐怕會留下病根，不治好，手指就不能用了！』

紫薇咬著牙關，呼吸急促，冷汗從額頭上，大顆大顆的滴下來，大家看得膽戰心驚。乾隆聽到太醫那樣說，就嚇了一跳，問：

『胡太醫，手指不能用是什麼意思？有那麼嚴重？』

『回萬歲爺！骨頭雖然沒有斷，但是，骨膜已經受傷，關節也有挫位。臣只怕調養不好，會留下長期的病痛！』

乾隆激動的嚷：

『怎麼會調養不好？胡太醫，用最好的藥，務必把她治好，聽到沒有？』

太醫趕快一疊連聲回答：

『喳！喳！喳！臣遵命！臣遵命！』

太醫一分心，包紮得稍微用力一些。紫薇痛得慘叫：

『啊……好痛……金瑣……金瑣……救我……』

金瑣急忙撲到紫薇床前，不能握她的手，只能抱住她的頭，拚命給她擦汗，喊：

『小姐！我在這兒，我在這兒！妳忍一忍，馬上就好了！啊？』

爾康額上也冒出了冷汗，直喊：

『輕一點！太醫，拜託！輕一點……』

小燕子眼淚水奪眶而出，對永琪哭著說：

『都是我不好！侍衛拉她走的時候，我就應該跟她在一起，說什麼都不要離開她，不該讓她單獨去被審問！有我在，一定不會這樣！我拚死也會擋在前面！』

永琪安慰著小燕子：

『不要難過了，當時，侍衛只帶走她一個，妳也無可奈何呀！』

好不容易，太醫包紮妥當。

紫薇閉眼靠著，臉孔和嘴唇，全是慘白慘白的。

太醫站起身來，充滿歉意的看著紫薇，說：

『紫薇格格，對不起，臣知道很痛，所謂十指連心，沒有一種痛可以跟這種相比了！臣現在馬上開方子，去御藥房抓藥，立刻煎了服下，或者可以止痛！』

『快去抓藥！快去！快去！』乾隆喊。

太醫急步而去了。乾隆低頭看著紫薇：

『紫薇，妳還好嗎？』

紫薇睜開眼睛，忍痛說道：

『皇阿瑪！我還好……還好！』

乾隆看著這樣的紫薇，心痛極了。說道：

『紫薇，朕真的沒有想到，妳會再受這樣的苦！如果朕想到了，怎樣也不會讓妳們進監牢！』

小燕子眼淚一掉，哭得唏哩嘩啦：

『皇阿瑪！你居然不相信我們！爲了一個布娃娃，你狠心到讓我們再去坐牢，讓紫薇再受一次苦！我們拚命喊你求你，你都不理！你好殘忍，我不要再聽你了，不要再信你了！』

令妃急忙說：

『小燕子！怎麼可以跟皇阿瑪這樣說話呢？昨晚那個狀況，人證物證都在，那麼多人瞧著，皇阿瑪總不能不辦呀！妳瞧，這不是馬上放出來了嗎？』

『如果沒有晴兒，我們那裡放得出來，恐怕每個人的手指，都跟紫薇一樣了！』

乾隆難過極了，看著兩個姑娘：

『小燕子，紫薇，妳們不要傷心了！朕也有朕的無可奈何！』說著，就轉向爾康：『爾康，你回去跟你阿瑪好好的談一談，再來開導開導兩個丫頭！』

『是！』

『紫薇，妳好好休息！』乾隆再看向紫薇：『朕相信，像妳這樣懂事，這樣識大體的孩子，上蒼會給妳最大的憐惜，朕保證，一切災難到此爲止，以後都是坦途了！』

『謝皇阿瑪！』紫薇低低的說。

『別謝朕了！』乾隆一嘆，有些感傷：『朕貴為一國之君，應該可以呼風喚雨，但是，卻無法保護自己心愛的女兒，朕也有許多挫敗感，許多無力感呀！對妳們兩個，真是充滿了歉意。』

乾隆這樣坦白的幾句話，立刻讓紫薇和小燕子，深深感動了。紫薇衰弱的說：

『皇阿瑪！紫薇什麼都瞭解。皇阿瑪不要擔心了！我會照顧自己，讓自己很快的好起來，我想，沒有多久，我就可以和皇阿瑪下棋了！』

乾隆看著那包紮得厚厚的手，噓了一口氣：

『朕也好想跟妳下棋！別著急，慢慢把傷養好！咱們父女找一天，痛痛快快的下幾盤！』

令妃看到爾康滿眼的千言萬語，體貼的對乾隆說道：

『皇上，您昨晚一夜沒睡，今天又忙了一個早上，您也去休息吧！讓紫薇也可以早點休息！』

乾隆就起身。

『那……朕走了！』

『臣妾跟皇上一起走！』

令妃陪著乾隆出門去。永琪、爾康急忙送出門。

乾隆走到漱芳齋門口，又回身看著爾康和永琪，鄭重的問道：

『漱芳齋的安全，你們有沒有重新部署？』

『啓稟皇上，』爾康說：『今天一早，五阿哥和臣就審問了高遠高達，昨晚的刺客，顯然是個內線，而且是個高手。臣以爲，宮裡的侍衛脫不了干係！其中，以高遠高達的嫌疑最重！可是，他們兩個抵死不承認，我們也怕冤枉了他們，只好放了！可是，他們沒有盡到保護漱芳齋的責任，是個事實！臣已經做主，革除了他們的職務，調派到東陵去守墓園！』

『做得好！朕想了一夜，也覺得這兩個侍衛最爲可疑！那麼，朕把漱芳齋的安全，交給你們兩個了，你們可以隨時出入漱芳齋，不用避嫌了！老佛爺再問起來，就說是朕親自命令的！漱芳齋安全第一，規矩禮節都暫時丟一邊去！』

爾康和永琪，真是喜出望外，乾隆這個『恩典』，實在太大了。兩人趕緊謝恩：

『謝皇上、皇阿瑪恩典！』

乾隆一走，爾康就迫不及待的衝進了紫薇的臥室，痴痴的看著紫薇。永琪拍拍小燕子的肩，說：

『小燕子，我們出去吧！』

小燕子點點頭，跟著永琪出門去。金瑣對爾康叮囑：

『你千萬不要碰到她受傷的手！我和明月彩霞去煎藥！』

爾康點頭，眼光一直看著紫薇。大家就全部出門了，把房門闔上。

爾康站在床前，還是痴痴的看著紫薇。紫薇見他如此，勉強的擠出一個笑容：

『不要難過，我還好，真的，只有在包紮的時候痛，現在已經不痛了！』

爾康就在床沿上坐下，小心翼翼的捧起她受傷的雙手。啞聲的說：

『紫薇……』才喊了一聲，再也不能控制自己，一滴淚滑落下來，落在繃帶上。

紫薇好震動，哽咽的說：

『爾康，不要這樣子！我真的不痛了！』

爾康痛楚已極的說：

『好像妳常常在對我說這句話，真的不痛了！真的沒關係！真的不要緊，真的沒事……但是，事實上，全是相反的！妳一直受傷，一直受苦，左一次，右一次！我怎麼把妳弄成這個樣子？當初，我是那一根筋不對，會把妳送進宮來？認不認爹，當不當格格，指不指婚，有什麼關係呢？我就這樣認死扣！』

『不要怪你自己，好不好？』紫薇柔聲說：『認不認爹，指不指婚，對我都很重要呀！我願意爲這個而付出！皇阿瑪說得對，上蒼好憐惜我！你瞧，祂給了我兩個最珍貴的男人，一個是我爹，一個是你！我受的苦，因爲有你們兩個，就變得值得了！』

『紫薇，不值得！一點都不值得！』爾康的聲音絞自肺腑，句句都在滴血：『我真的恨死自己了，不能保護妳，不能帶走妳，不能娶妳！我算什麼男子漢呢？我沒有辦法再過這種日子了！等妳好了，我們走！這個皇宮，格格，御前侍衛，皇上……都讓他過去吧！人生必須有所取捨，妳已經認過爹了！有過爹了！夠了！這座皇宮，不適合妳，也不適合我！我早就說過，絕對不讓妳再受任何傷害！可是，我

竟然做不到！眼看妳被帶走，眼看妳被關監牢，我一籌莫展！現在，看到妳的手指包紮成這樣，十指連心，它真的讓我有椎心之痛……我怎麼辦呢……』他越說越氣，用拳頭敲著自己的額頭：『我真恨我自己！』

紫薇一急，就忘了自己的手傷，伸手去拉他。手一碰到他，劇痛鑽心，叫出聲：

『哎喲……哎喲……』

爾康跳起身子，面孔雪白，伸出雙手，急忙捧住她的手。顫聲的喊：

『妳要幹什麼？爲什麼動來動去？怎樣？怎樣？』

紫薇吸了一口氣：

『你如果不那麼難過，我會好過很多！』她的嘴角痙攣著，額上的冷汗點點滴滴往下淌，終於再也忍不住，哀聲的，求救的喊：『爾康，我不騙你了，我真的很痛！求求你，跟我說一點什麼，說一點讓我不痛的話，好不好？好不好？求求你……』

爾康覺得自己都快暈了，天啊，什麼話能夠讓她不痛？他顫聲的，急急的說：

『好好，我說，我說！記不記得幽幽谷？等妳好了，我們再去幽幽谷……我們去騎馬，沿著那一條河，我們往上游走，就這樣一直走，一直走，走到天和地的盡頭去。我們把宮裡的傾軋暗算、陰謀詭計，全體拋開！去營造我們的世界！那個世界裡，絕對沒有痛苦，沒有黑暗！有花，有草，有雲，有夢，有妳，有我……』

紫薇靠在枕頭上，看著他，聽著他，但是，依然痛得冷汗直冒。

這時，金瑣敲了敲房門，端著一碗熱騰騰的藥進來。

『爾康少爺，你讓一讓，太醫說，這藥要馬上喝！她的手不能動，我來餵她！』

爾康顫巍巍的接過了藥，對金瑣說：

『妳去吧！餵藥的事，交給我！』

『當心！好燙！』

金瑣把藥碗交給爾康，出去了。

爾康就坐在床沿，盛了一湯匙的藥，細心的吹著，吹涼了，送到紫薇的唇邊。

『來！慢慢吃！』

紫薇就著他的手，喝了一口，眉頭一皺：

『好苦！我……喝不下去……我……』

紫薇話沒說完，整口的藥，全部吐了出來，吐了爾康一身。她一急，伸手就去拂弄，又碰痛了手，她摔著手，大叫起來：

『哎喲……爾康……救我……我……我……』

紫薇喊了兩句，一口氣接不上來，就暈死過去。

爾康直跳起來，整碗的藥，全部潑在自己身上，碗也落地打碎了。爾康也顧不得燙，抱住了紫薇，

痛喊：

『紫薇！怎樣了？天啊！誰來幫助我們？』就直著喉嚨大叫：『金瑣！小燕子！彩霞……大家快來啊……』

金瑣、明月、彩霞、小燕子、永琪全部衝了進來。金瑣喊：

『怎樣了？怎樣了？』過來扶住紫薇，但見紫薇閉著眼睛，氣若游絲，大驚：『小姐！小姐！妳醒醒啊！』

小燕子瞪著紫薇，喃喃的喊：

『她死了！她死了！』

永琪看了一眼，返身就往外衝。大叫：

『小鄧子！小卓子！趕快去宣太醫！把胡太醫、李太醫、鍾太醫、杜太醫通通宣進來！』

乾隆離開了漱芳齋，就一個人都不帶，直接去了坤寧宮。

見到皇后，乾隆立刻聲色俱厲的，直截了當的問：

『妳什麼時候做的那個布偶？妳對朕明白招來！』

皇后大震，後面站著的容嬤嬤一個驚跳，臉色慘變。皇后還沒說話，容嬤嬤就對著乾隆『崩咚』一跪，大聲喊冤：

『萬歲爺！您千萬不要冤枉了娘娘呀！皇后娘娘心裡只有皇上，夜裡作夢都喊著皇上，她怎麼也不會害皇上呀……』

乾隆氣極，一腳對容嬤嬤踹了過去：

『妳這個無恥的東西！妳以爲朕不知道，就是妳在後面給皇后出歪主意，挑撥離間，無所不用其極！妳還要喊冤，我先斃了妳！』

容嬤嬤摔了一跤，聽到要斃了自己，又屁滾尿流的爬起來，磕頭如搗蒜：

『萬歲爺開恩！萬歲爺開恩！萬歲爺開恩……』

乾隆瞪著容嬤嬤，大吼：

『妳閉嘴！』

容嬤嬤猛的閉住嘴巴。

乾隆就怒氣騰騰的盯著皇后，咬牙說道：

『皇后，若要人不知，除非己莫爲！妳自己幹了什麼好事，妳自己心裡明白！朕今天來這兒，沒有帶任何一個人，就是還顧念夫妻之情，想給妳留一線生機，如果妳還是堅持不說實話，朕就再也不需要顧念什麼，任何一個罪名，都可以把妳廢了！讓妳永遠見不到天日！』

皇后看著乾隆，不禁顫抖：

『皇上！你冤枉臣妾了！臣妾就是有一百個膽子，也不敢謀害皇上！』

乾隆一拍桌子，大吼：

『妳豈止有一百個膽子？妳簡直有一千個膽子，一萬個膽子！而且，每個膽子都是黑色的！妳還要狡賴嗎？妳還不說嗎？真要朕把那個娃娃送到刑部去調查嗎？』

『皇上就是送到刑部，臣妾還是這句話！』皇后挺了挺背脊，強硬起來：『為什麼皇上就憑「雪緞」這樣一個線索，就認定是臣妾所做呢？難道令妃娘娘沒有雪緞？難道其他娘娘那兒沒有雪緞？就連晴兒也說了，老佛爺那兒，還有雪緞呢……』

『放肆！難道老佛爺也會謀害朕不成？』

『如果皇上對臣妾都不信任，那麼，任何人都值得懷疑了！那兩個格格，說不定也有雪緞，說不定是令妃娘娘給她們的，說不定她們從那兒拿的……』

乾隆氣得發暈，指著皇后，一字一字的吼道：

『給妳一句話！多行不義必自斃。妳的所作所為，朕已經清清楚楚！妳招與不招，都是一樣！妳以為，我一定會顧忌老佛爺，對妳忍讓三分？告訴妳，一旦妳的真面目揭開了，第一個要除掉妳的，就是老佛爺！』

皇后挺立著，努力維持著鎮定。

『妳小心一點！那個布娃娃在朕手上，妳以為只有雪緞這個線索嗎？上面的線索太多了！妳逃也逃不掉，賴也賴不掉！朕現在不殺妳，是看在十二阿哥的面子上，母親謀逆，孩子怎麼面對以後的生命？

他還不到十歲呀，妳要他長大之後怎麼做人？怎麼見容於其他兄弟？妳這個沒心沒肝的女人，妳都不爲孩子留一條後路嗎？妳不在乎永琪，朕還顧全他是朕的兒子！今天，朕記下妳的人頭，今後，妳再去找紫薇和小燕子的麻煩，再去弄些妖魔鬼怪的事情，朕會剁碎了妳！』

乾隆說得斬釘斷鐵，正氣凜然，皇后張大了眼睛，一時之間，什麼話都說不出來了。

容嬤嬤跪在地上，簌簌發抖。

乾隆就一拂袖子，大踏步的去了。

乾隆沒有回乾清宮，他又去了慈寧宮，見到太后。

『皇額娘！請您摒退左右！兒子有話要跟妳說！』

太后見乾隆神色嚴重，對晴兒使了一個眼色。晴兒就帶著宮女們退出房間，並關上房門。太后看著乾隆，關心的問：

『皇帝，你是不是已經查出來，那個布偶是誰做的了？』

『布偶是誰做的，朕心裡有數！但是，要抓實際的證據，還是差那麼一點！朕現在不想繼續追究這件事，希望皇額娘也不要追究了！』

『那怎麼行？』太后激動的說：『我只要一想到，有人要陷害皇帝，我就心驚膽戰了！宮裡藏著這樣一個禍害，讓人睡覺都睡不著，怎麼能不管呢？』

『皇額娘！事情一追查，就會不可收拾！可能禍延子女。老佛爺想想清楚！』

『那麼，皇帝認爲是某個娘娘做的？』太后一震。

乾隆乾脆挑明了：

『可能更高的人，例如皇后做的！』

太后大震，激動起來。皇后是太后挑選的，當初讓她侍候乾隆，也是太后的意思。對這個皇后，太后一直非常喜歡，絕對信任。

『絕不可能！皇帝多心了！怎麼可以懷疑到忠心耿耿的皇后身上？她只是太嚴肅，不討皇帝喜歡而已！心地絕對正直！我可以爲她打包票！』

『朕就知道老佛爺會這樣說！』乾隆大大的嘆了一口氣，心裡嘔得不得了！可恨，現在投鼠忌器，上不能傷太后的心，下不能傷十二阿哥的心！明知道皇后在搗鬼，自己竟有這麼多的無可奈何！他咬咬牙：『那個布偶，上面有字，字跡是跑不掉的！有針，針從那兒來，也追查得出！目前，大家最好按兵不動，不要嚇得那個作惡多端的人，再做出更加離譜的事情來，那會帶給朕真正的災難，會把後宮攪得天翻地覆的！我們大家……只好忍耐！讓朕慢慢來辦，總有水落石出的一天！』

太后沈思，不禁點頭。乾隆臉色一正，更加鄭重的說道：

『再有，這宮裡的私刑，最好立刻停止！皇額娘是吃齋唸佛的人，不要被那些心狠手辣的嬤嬤們連累了！夾棍這種東西，可以毀掉了！對一個嬌嬌弱弱的姑娘，用這麼殘酷的東西逼供，怎麼忍心呢？』

太后聽到乾隆儼然有指責之意，一時氣怯心虛，答不出話來。

乾隆看太后如此，心有不忍，又是重重一嘆：

『事情過了，也就算了。只希望這種悲劇，不要重演！太醫剛剛診斷了紫薇那丫頭，十個手指，腫得像蘿蔔一樣！那孩子，琴棋書畫，件件精通，如果手指廢了，豈不是天大的遺憾嗎？』

太后臉色灰敗，對刑求紫薇的事也著實有些後悔。但是，乾隆這樣振振有詞，她面子上也有一些掛不住。沈默了片刻，才落寞的說道：

『皇帝的意思，我知道了！以後，不再刑求就是了！我會刑求紫薇，也是急怒攻心，怕她傷害皇帝呀！』

乾隆還想說什麼，體諒到太后都是爲了自己，也就欲言又止了。

當乾隆在和皇后、太后攤牌的時候，漱芳齋已經一片混亂。

四個太醫全部趕到了漱芳齋，圍著床，緊緊張張的診治，會診，低聲討論。

紫薇昏睡在床上，額上壓著冷帕子。臉色和那帕子一樣白，一點血色都沒有。呼吸微弱得幾乎快要停止了。幾個太醫，都是一臉的沈重和害怕。

『這高燒不退，吃下去的藥又全部吐了，情況實在危急！』一個說。

『脈象微弱，昏迷不醒，五臟都很虛弱，是不是要稟告皇上？』另一個說。

『已經昏迷兩個時辰了！情況太不樂觀，可能撐不下去……』

幾個太醫低低討論，爾康站在床邊，聽得清清楚楚。一個激動，衝上前去，抓起胡太醫，激動的問：

『什麼脈象微弱？什麼五臟虛弱？她昏迷以前，還在跟我說話，腦筋清清楚楚，怎麼會突然這樣？到底嚴重到什麼程度？胡太醫，你說話呀！』

胡太醫惶恐的起立，回答：

『福大爺！你冷靜一點！紫薇格格不止是手指受傷，她還受了很重的風寒，本來她的身子骨就不是很好，上次中了一刀，始終留著病根，現在是數病齊發，來勢洶洶，只怕會拖不下去了！』

爾康只覺得腦子裡轟然一響，眼前金星直冒，踉蹌一退。

小燕子魂飛魄散，撲倒在床邊，抱著紫薇的頭，搖撼著，痛哭起來。邊哭邊叫：

『不要！紫薇，不要！我們結拜過，要一起生，一起死，妳絕對不可以先走，妳走了，我怎麼活得下去？皇阿瑪說了，我們再也沒有災難了，以後都是好日子了，妳怎麼可以說走就走……』

永琪急忙去拉小燕子：

『小燕子！妳不要推她，不要搖她，當心再弄痛她，那不是會更嚴重嗎？……妳先到外面屋裡去等一下吧！』

小燕子哭喊著：

『我不要！我不要！紫薇，紫薇！以前妳挨了一刀，妳都挺過去了！這次，只傷到手指頭，妳爲什

麼挺不過去？紫薇，妳要聽我！睜開眼睛看我……』

金瑣的眼光，呆呆的看著紫薇，眼中沒有眼淚，顯出少有的堅強。她忽然衝上前去，用力推開小燕子。

『小燕子！妳讓開，讓我來照顧她！』

小燕子跌倒在地，永琪就用力拉起了她，把她拖到外面大廳裡去了。

金瑣就跪在床前，緊張的喊：

『明月，彩霞！換帕子！我們給她不斷的冷敷，讓熱度先退下去！』

『是！』兩個宮女就穿梭著絞毛巾，換帕子。

爾康激動的抓住胡太醫，搖著。大叫：

『太醫！你開藥，你再開藥！你不要放棄呀！』

『是是是！』胡太醫顫聲的應著，又去翻開紫薇的眼皮，看了看，再度診脈。回頭對其他太醫說：

『我們出去開會，看看還有什麼辦法沒有？』

四個太醫就倉皇的退出了房間。

爾康的眼光，直直的瞪著紫薇，完全不能相信這個事實。

金瑣、明月、彩霞三個，就像發瘋一樣的換帕子，絞帕子，冷敷。金瑣一面換帕子，一面喃喃的說道：

『不會死，不會死……絕對不會……絕對不會……絕對不會……』

爾康突然衝到床前，對金瑣、明月、彩霞命令的說道：

『妳們通通下去！』

『爾康少爺！』金瑣抗議的喊。

『通通下去！』爾康沙啞的說。

金瑣看了爾康一眼，和明月、彩霞通通下去了。

爾康就一下子撲跪在床前，摸著紫薇的頭髮，盯著紫薇的眼睛，用吻印在紫薇的額頭上、眼皮上，低聲而痛楚的說道：

『紫薇！我不知道妳能不能聽見我？我求求妳，一定要聽見！如果妳的耳朵聽不見，那麼用妳的心，用妳的意志來聽我！』他噓了一口氣，聲音裡全是哀懇：『紫薇，妳是我的一切！我們風風雨雨的日子，都已經結束了！妳不能在這個時候棄我而去，那太殘忍了！妳好善良，好熱情，妳什麼人都不願意傷害，包括妳的敵人在內，那麼，妳忍心傷害我嗎？紫薇，我跟妳說，我一點都不堅強，我很脆弱，我沒有辦法承受失去妳！請妳，求妳，不要離開我！』

紫薇躺著，眼角，溢出一滴淚。爾康繼續說：

『在妳昏迷以前，我正在告訴妳，我們那美好的未來，那有詩有夢的日子！紫薇，不要讓那些話變成虛話，沒有妳，花草樹木，天地萬物都會跟著消失！我們有誓言，有承諾，妳不能失信！不要留下我

一個人！妳那麼瞭解我，妳知道的，沒有妳，生命還有什麼意義？請妳醒過來！睜開眼睛，不要嚇我，好不好？好不好？』

紫薇的眼角，溢出了更多的淚。

爾康看到了那些淚珠，激動得一塌糊塗，跳起身子，大嚷：

『太醫！太醫！她聽得到我！她還有意識，還有思想……太醫！太醫……』四個御醫和眾人又一擁而入。

20

晚上，乾隆、令妃得到消息，氣急敗壞的衝進了漱芳齋，太后也得到了消息，把晴兒派來看看虛實。乾隆一進大廳，就震驚的喊：

『什麼叫做紫薇病危？怎麼會病危？』

小燕子和永琪迎上前去。小燕子哭得眼睛都腫了，看到乾隆，就忍不住撲進乾隆懷裡：

『皇阿瑪！太醫都說，紫薇没有希望了！她快死了……爾康一直跟她說話，她還聽得見，還會掉眼淚……但是，太醫們診治了半天，還是說，她快要死了！』說著，就放聲痛哭了。

『怎麼會？怎麼可能？』乾隆張大了眼睛，無法相信：『下午包紮的時候，她不是還很好嗎？永琪！到底是怎麼回事？』

永琪含淚說道：

『皇阿瑪！是真的！下午你離開没有多久，紫薇就昏迷不醒了，我們把四個御醫全部宣進宮，可

是，紫薇一直沒有醒……御醫已經要我們做最壞的準備……現在，爾康金瑣都守著她，喊了她幾千幾萬遍，她就是不睜開眼睛……』

『不可能！她還那麼年輕！她怎麼能夠死？』令妃嚷著，就衝進臥室去。

乾隆和晴兒，也急急的衝進臥室裡去了。

紫薇躺在床上，看來了無生氣。

金瑣、明月、彩霞還在徒勞的換帕子。

爾康已經停止呼喚，整個人呆呆的，完全失魂落魄了，站在床腳，只是目不轉睛的盯著紫薇。似乎自己的整個生命，也跟著她快要消失了。

四個太醫還在竊竊私語，商討病情。

乾隆和令妃一衝進房，四個太醫全部跪了下去。齊聲說道：

『臣參見皇上，皇上萬歲萬歲萬萬歲！令妃娘娘千歲千歲千千歲！』

乾隆一揮手：

『起來！什麼時候了，不要行禮！告訴朕，紫薇怎樣？』

胡太醫躬身說道：

『回皇上，高燒一直沒有退，脈象已經快要消失了！可能，挨不到明天天亮了！』

乾隆如遭雷擊，大怒：

『胡說！你們會不會醫治？趕快煎藥來，治不好，你們提頭來見！』

『喳！喳！喳！』幾個太醫就急急的去一邊，低聲討論。

乾隆走到床邊，看著那毫無生氣的紫薇。忍不住大聲嚷道：

『紫薇丫頭！朕來看妳了！上次，妳拔刀的時候，朕說過，朕貴爲天子，會帶給妳福氣，現在，朕還在這兒看著妳！妳不許死，聽到沒有？』

令妃不禁落淚了，哀聲的說：

『紫薇，妳還沒有成親，沒有生兒育女，生命等於沒有開始，妳跟爾康的誓言，也沒有實現，妳怎麼捨得走呢？』

令妃的話，使努力維持鎮定的金瑣，終於伏在紫薇的枕邊哭了。低喊著：

『小姐！這麼多人在喊著妳，這麼多人在留著妳，妳難道都聽不見嗎？』

明月、彩霞全都哭了。室內一片哀戚。小燕子就撲到床前來，哭道：

『紫薇，妳是世界上最好心的人，妳爲什麼要把我們大家都弄哭呢？妳好壞，妳好壞……』

晴兒站在遠遠一角，非常震撼的看著這一幕。

這時，紫薇忽然一動。嘴裡低低的，口齒不清的，喃喃的呼喚著：

『爾康……爾康……』

爾康大震，跌跌衝衝的撲過去。跪在床頭，啞聲的喊：

『紫薇，我在這兒，我在！』

紫薇努力想睜開眼睛，但是，眼皮似乎十分沈重。她衰弱已極，模糊不清的說：

『山無稜……天地合……才敢……與君絶……』

爾康頓時心如刀絞，五內俱焚。不敢碰到紫薇的手，拚命搖著紫薇的肩：

『什麼山無稜，天地合？不要再說那些廢話了！妳給我醒來！如果妳死了，我追妳上天下地，永遠都不原諒妳！妳聽到沒有？聽到沒有？妳醒來……醒來……』

所有的人全部哭了。乾隆也淚盈於眶了。晴兒遠遠的看著，眼睛濕漉漉。

就在這一片混亂中，含香手裡拿著一個錦緞的袋子，急急的衝進門來。大家都在巨大的傷痛中，幾乎沒有人注意到她。她試著要接近床前，但是，好多人攔在前面，她就大聲的、急促的說：

『請大家讓一讓！』

乾隆抬頭，看到含香，更是滿心傷痛，含淚說：

『香妃！妳也聽說了？太醫說她活不下去了！妳們一直相處得那麼好！妳來送送她吧！她快要走了……』

乾隆就起身，把位子讓給含香。

含香撲到床邊跪下，就急急忙忙的去看紫薇的瞳孔，又抓起紫薇的手，看看那裹著繃帶的手。毫不遲疑，她就命令的說：

『金瑣、明月、彩霞！快解下這個繃帶，給我看看！』

『可以解開嗎？太醫說解開了手指會有問題……』金瑣問。

含香大急，睜大眼睛喊：

『人都要去了，還有什麼可以不可以？還管手指有沒有問題？吃了什麼藥？』

含香的這種氣勢，使爾康乍見曙光。就一驚抬頭，看著含香：

『什麼都沒吃，吃進去的藥全吐了！』

『好！』

含香就打開錦袋，拿出一個盒子，再打開盒子，裡面有個瓶子，再打開瓶子，取出一顆蠟封的藥丸來。她捏碎蠟封，頓時滿室生香。然後，她捏著紫薇的下巴，讓她張開嘴來，就把那顆藥丸塞進紫薇嘴裡。再捏緊她的嘴，防止她吐出來。

大家全都看傻了，目不轉睛的看著。

乾隆忍不住問道：

『妳給她吃的是什麼？』

『這是我們王室的祕方，叫作凝香丸。是用穿山甲、白芷、天花粉、雙花、防風、乳香……等十幾種動植物提煉而成，有清熱解毒、活血止痛的奇效，是救命的良藥！我來這兒的時候，我爹給了我五顆。』含香說著，盯著紫薇看，看她喉嚨一嚥，這才鬆手。吐出一口氣來說：『還好，她還能嚥！嚥下

去了！』

永琪就急急的問：

『這表示她會活嗎？』

『我還不知道。』含香說，目不轉睛的審視著紫薇。

這時，金瑣和彩霞已經解開了紫薇的繃帶，只見兩手都已紅腫發紫。

含香又從錦袋中拿出一瓶藥膏來，細心的給紫薇塗抹。一面說：

『金瑣！妳也來幫忙，每個手指都給她抹上，輕一點，不要碰痛她！抹完了再把繃帶包上！』

彩霞和明月也來幫忙，大家給紫薇細心的上藥。小心的包紮。

『妳這擦的又是什麼？』乾隆再問。

『這叫「仙花露」，是從金銀花、蒲公英、野菊花、紫花地丁、紫背天葵子……這些野花裡提煉出來的，對於消腫止痛也有奇效，是回族的祕方，我們試試看吧！』

小燕子覺得有了希望，擦掉眼淚，驚喜交集說：

『原來，妳還會醫術！妳從來沒有告訴過我們！早知道，就把妳早點請來！』

『我不會醫術，只是家傳了這些藥，看到過我爹用它治病，我也不知道有用沒有！我以前只幫我爹作副手，自己沒有幫人治過病，現在是情況危急，顧不得了！』

金瑣滿眼發光了，喊著：

『一定有用！一定有用！老天把妳送過來，給我們小姐救苦救難的！一定有用！』

大家聽了，都通通點頭，似乎大家的希望都寄託在含香身上了。爾康屏著呼吸，充滿希望，提心吊膽的問：

『什麼時候，我們才知道有效？』

『接下來，我想，我們只能等！看看她的反應！』

爾康就在床前，席地而坐，兩眼直直的看著紫薇。

含香看看滿屋子的人，對大家說道：

『我們可能要等很久，大家最好散開，讓她有新鮮空氣！』

乾隆就命令道：

『我們都出去，到大廳裡去等！四位太醫不要離開，也到外面去等著！令妃，讓小鄧子小卓子給大家弄點茶來喝！』

『我不出去，我要守著她！』小燕子固執的說。

爾康根本就像石雕木塑一般，早被釘死在紫薇床前了，動也不動。於是，衆人都出去了。只有含香、爾康、小燕子、金瑣、明月、彩霞守在床前。遠遠的牆邊，有個人也沒出去，那就是晴兒。她也像石雕木塑一樣，看著這一切，不能移動了。滿屋子的人，沒有一個注意到她。

時間緩慢的消逝。一更，二更，三更……金瑣、明月、彩霞仍然忙著絞毛巾、換帕子，爾康仍舊痴

痴的看著紫薇，目不轉睛。含香緊張的觀察，試溫度，試鼻息。小燕子走來走去，拜天拜地，嘴裡唸唸有辭……

三更打過之後，紫薇臉色逐漸紅潤，呼吸平順起來。金瑣摸摸紫薇的額頭，驚喜的喊了起來：

『燒退了！燒退了！爾康少爺，燒退了呀！』

大家全部驚動了。爾康仆到紫薇身邊，伸手觸摸她的額頭。立刻啞聲大喊：

『太醫！太醫！快來看看！』

四個太醫再度奔入。乾隆等人隨後。太醫趨前，俯身診視。大家都睜大了眼睛，屏息以待，胡太醫不可思議的抬頭說道：

『熱度退了，汗也發出來了！脈象也穩定多了！看樣子，格格是吉人自有天相，大概不會有問題了！』

小燕子跳了起來，雙手伸向天空，大喊：

『萬歲萬歲萬萬歲！我知道她不會死！我知道！我知道……』喊著，就去抱著金瑣跳，又抱著明月跳，再抱著彩霞跳，然後抱著含香跳，樂不可支。

爾康聽到胡太醫這個宣佈，緊張的情緒乍然放鬆，他的頭一低，『砰』的一聲，撞在床柱上。他虛弱的用手蒙住眼睛，淚水從面頰上滑落。

晴兒震撼的看著這一切，看著紫薇的病容，看著爾康的熱淚，只覺得自己臉上，一片潮濕。她抬手

拭去臉頰上的淚珠，悄悄出門去了。

太后還沒有入睡，正等著晴兒。

晴兒總算回來了。太后急急的問：

『我要妳去看看紫薇，妳怎麼去了這麼久？她是不是真的快死了？』

『回老佛爺，她已經度過危機，大概沒事了！』

太后鬆了一口氣，就有些狐疑起來：

『我就知道，那有弄傷幾個手指頭，就會送命呢？這也太嬌弱了吧！會不會是那個丫頭玩花樣，故意裝死，好讓皇帝心痛？』說著，就驚看晴兒：『妳怎麼了？眼睛紅紅的，哭過了嗎？誰把妳弄哭了？』

『老佛爺，我沒事！』

『怎麼說沒事呢？明明就有事！誰欺負了妳，告訴我，我給妳撐腰！』

『真的沒有人欺負我，是剛剛在漱芳齋，看到紫薇死裡逃生，看到大家對她的那個樣子，實在沒有辦法不感動！』晴兒坦率的看著太后，誠實的回答。說著，眼淚就湧了出來，急忙擦淚：『對不起！』

太后困惑著，深深的看著晴兒。晴兒一向很能自制，喜怒都不形於色，今晚這個樣子，實在太失常了。太后正在疑惑不解，晴兒忽然走到太后面前，對太后一跪。

『妳做什麼？』太后一驚。

『老佛爺！晴兒有事懇求老佛爺！』晴兒誠摯的說。

『妳說！不要跪了！什麼事？』

晴兒就好誠懇的，近乎哀求的說道：

『我知道，老佛爺最近爲了我的終身大事，非常傷腦筋。我也知道，老佛爺看中了爾康，想拆散紫薇和爾康，好把我指給他！』

太后更深刻的看晴兒：

『嗯，妳說中了！畢竟，我心裡的事，都瞞不過妳！怎樣呢？』就彎腰悄聲問：

『是不是我也猜中妳的心事了呢？』

晴兒的眼神，清澈如水，光明如星：

『老佛爺您猜中了，可是，三年前您就該做主了！現在，太晚了！』

『只要晴兒有這個意思，沒有晚不晚這句話！我現在還是可以爲妳做主！』

『可是，現在，我不要他了！』晴兒清清楚楚的說。

『爲什麼？』

『我要不起他了！』晴兒就坦白的看著太后，含淚說道：『老佛爺，自從我回宮以後，已經親眼目睹爾康對紫薇的用心，我好感動！尤其今晚，我幾乎見到了一場「生離死別」，我實在太震撼了！』

太后盯著晴兒：

『哦？震撼？』

『是啊！震撼極了！我不由自主，就被帶進他們那個世界，見識了一場人間最強烈，最深摯的愛，我想，只有用「驚天地，泣鬼神」六個字來形容！太美太美了！這種感情，我雖然沒有得到過，可是，我好敬佩，我好感動！如果我破壞了這份感情，我會恨死我自己！老佛爺，請幫我積德！千萬千萬不要拆散他們！晴兒謝謝您了！』

說著，就誠誠懇懇的磕下頭去。

太后驚看晴兒，不相信的說：

『晴兒，妳不必那麼清高，這是妳的未來啊！』

『老佛爺，我並不清高，一個不屬於我的男人，我嫁了也不會幸福啊！如果老佛爺疼我，就讓我陪伴您一生吧！』

『我不能這樣耽誤妳！』太后想想：『或者，我可以安排，妳和紫薇共事一夫？不過，那樣就太委屈妳了，所以，我雖然有這個念頭，始終沒有提出來！』

『是！那樣就太委屈我了！』晴兒趕緊說：『所以，千萬不要這樣安排！』

『我不瞭解……三年前，妳陪我在碧雲寺，那個下雪的晚上……』

『老佛爺都知道了？』晴兒嘆口氣：『那只是一個看雪的晚上，根本不代表什麼！和出生入死、海

誓山盟起比來，真是小巫見大巫了！老佛爺，妳何必把我這樣潦草的推出去呢？我真的不想介入他們兩個的中間，因爲，那個中間沒有任何位置來給我！爾康眼裡心裡，都只有一個紫薇啊！』

「男人的心，永遠是貪多的！是喜新厭舊的！』

「所以爾康才那麼高貴！老佛爺，讓爾康的高貴，一直活在我的心裡，不要破壞他，好不好？這樣，我才覺得自己也有一些價值了！』

太后看了晴兒好一會兒。

「妳真的要這麼做？妳決定了？不要跟爾康成爲夫妻？』

「是！我決定了！請老佛爺成全！』

「這……還叫「成全」嗎？』太后好心痛，在晴兒眼底，讀出了太多的『割捨』。她的心，就爲這個自己深深寵愛的孩子而痛楚起來。是的，三年前，自己就該作主了！那時，都因爲自己的私心，捨不得晴兒早嫁，沒想到這一遲疑，竟然耽誤了她！想著，心裡更加懊惱和後悔起來。就伸手拉晴兒：『傻孩子！我懂了……我要仔細的想一想，想通了再說！』

晴兒以爲太后已經應允了，鬆了一口氣：

『謝老佛爺！』就虔誠的磕下頭去。

爾康徹夜守候著紫薇，沒有任何人可以讓他離去。

天亮的時候，紫薇終於有了動靜，她輕輕蠕動著身子。睫毛顫動著，似乎醒了。

爾康立即仆過去。

『水……水……水……』紫薇輕聲的說。

『水！她要喝水！』金瑣大叫。

小燕子就跟著大叫：

『她醒了！她要喝水！趕快！水！水！水……』

金瑣、明月、彩霞都跑去倒水，同時端了三杯水過來。

爾康接過杯子，興奮得手都顫抖了：

『給我，我來！』

『你小心她的手，別碰到她的手！』小燕子說。

爾康輕輕的托起紫薇的身子，小心的不去碰到她受傷的手。低喚著：

『紫薇，我要餵妳了，嘴巴張開一點！』

紫薇張開的不是嘴巴，而是眼睛。

爾康的面龐，在紫薇面前晃動，像水霧中的倒影。她再努力的睜大眼睛，看清楚爾康了。她凝視著他，輕聲的喊：

『爾康……』

爾康好激動，緊咬了一下嘴唇，眼眶濕了：

『妳醒了！妳又認得我了！妳真的醒了？』

紫薇唇邊漾出一個微笑：

『我……睡了很久嗎？』

『是！現在，別說話，先喝水！』

爾康把杯子湊在紫薇唇邊，小小心心的餵著她。心有餘悸的說：

『慢慢喝，別嗆了！慢慢嚥下去，不要急……』

大家都小心翼翼的看著。紫薇嚥了第一口，接著，又一連喝了好幾口。不喝了。

爾康輕輕的放下她的身子。金瑣接走了杯子。爾康含淚看著她，唇邊湧出笑意：

『現在，我才深深的體會出，小燕子那篇文章，真是寫得太好了！人都要喝水，早上要喝水，中午要喝水，晚上要喝水，渴了當然要喝水，不渴還是可以喝水……真是至理名言呀！原來，這一口水，是生命之泉……紫薇，妳喝這一口水，我可以快樂得上天了！』

小燕子喜悅的笑著，眼眶濕漉漉。金瑣也含笑看著，眼眶也是濕漉漉。

紫薇困惑的看著大家。仍然衰弱，看到每個人都恍如隔世一樣，就困惑的問：

『妳們為什麼都守著我？我怎麼了？』

爾康把她受傷包紮著的雙手，小心的捧到棉被外面，再用棉被把她蓋好，說：

『妳在鬼門關轉了一圈，現在回來了！』說著，就回頭看著金瑣、明月、彩霞：『妳們都去吧！這兒有我，大家都兩個晚上沒睡了，不要再弄得生病！妳們先去休息，等會兒再來接我的手！』

『可是……爾康少爺，你也一直沒有休息，你不累嗎？』金瑣看著一臉憔悴的爾康，體貼而憐惜的問。

『她醒了，我怎麼還會累呢？』

金瑣就屈了屈膝：

『我去給小姐熬一碗粥來，兩天兩夜沒吃東西了！胡太醫說，醒了要吃一點清淡的，我去準備！爾康少爺，你也要吃一點東西才好！』

小燕子好歡喜，帶淚而笑，嚷著：

『明月，彩霞，妳們都去準備吃的，五阿哥在大廳裡睡著了，大家都沒吃東西，大概都餓了！小鄧子小卓子拜了一夜菩薩，唸了一夜經！也給他們弄點吃的！』

『是！』明月、彩霞看看紫薇，快樂的應著，和金瑣跑出去了。

小燕子就拍拍爾康的肩：

『我在外面大廳裡，需要我，就叫我！』說著，一溜煙的去了。

房裡剩下紫薇和爾康。

紫薇看著爾康，見爾康形容憔悴，好心痛，伸手想去摸他的臉。

『你都有黑眼圈了，怎麼弄的？』

紫薇的手一伸，才發現綁了繃帶。爾康急忙捧住她的手，顫聲的說：

『妳要做什麼？千萬不要動！』

『好想……摸摸你的臉！』紫薇瞅著他，輕聲的說。

爾康就把自己的面頰，輕輕的貼在她綁著繃帶的手背上。低低的，感恩的說：

『紫薇，謝謝妳回到人間，謝謝妳回到我的身邊，謝謝妳在最危險的時候，沒有放棄妳的生命！謝謝妳聽到了我的呼喚！謝謝妳沒有棄我而去……』就一疊連聲的說道：『謝謝妳！謝謝妳！謝謝妳！謝謝妳……』

紫薇並不知道自己『死裡逃生』的經過，卻被爾康這樣的熱情深深撼動了。

『爾康！』她低喊。

爾康抬起熱烈的眸子，看著她。

紫薇對他軟弱的笑著，說：

『我作了一個夢，夢到你、我、小燕子、五阿哥、爾泰、塞婭、蒙丹、含香、柳青、柳紅、金瑣……大家都在幽幽谷，含香和蒙丹好親熱的靠在一起，滿山滿谷都是蝴蝶，我們大家和蝴蝶一起跳舞，好像什麼煩惱都沒有，大家好快樂好快樂啊！』

爾康眼神一凜，正色的回答：

『我答應妳，那不是夢，總有實現的一天！』

紫薇的身子，就一天一天的好了起來。

福倫和福晉，也特別進宮來探視紫薇，帶給紫薇好大的驚喜和感動。至於乾隆暫時擱置『布娃娃』的苦衷，福倫也仔細的向永琪和爾康分析過了。兩人心裡，雖然仍然有些不平，但是，看到紫薇逐漸恢復健康，大家的心情，就都好得不得了，簡直沒有情緒去和任何人生氣了。正像爾康說的：

『紫薇死裡逃生，我已經對上蒼充滿了感恩，不敢再怪任何人！只希望，這些災難，是真的結束了！』

紫薇的身子雖然沒事了，但是，那雙受傷的手，卻有好久都不能拿東西，不能活動。幾個太醫，輪番來治療，要金瑣和明月彩霞給她按摩。爾康生怕丫頭們重手重腳，堅持自己來做。紫薇每次在按摩的時候，都痛得不得了，但是，看到爾康心痛的眼神，感到他按摩時的小心翼翼，呵護備至，就把疼痛全部忘了。眼裡心裡，都被爾康的憐惜體貼所漲滿了。看到爾康這樣待自己，想到為了晴兒，和爾康嘔氣的事，就深深自責起來。

含香成了大家的恩人，每個人都恨不得為她粉身碎骨，來報答她救紫薇一命的恩惠。雖然，在紫薇沒有完全復元以前，大家也沒有情緒和精力來顧及蒙丹。但是，蒙丹和含香的這件事，大家更是管定了，義不容辭了。

在每天的按摩和運動下，紫薇的手指逐漸恢復了。痛楚一天天的減輕，終於不再疼痛了。紫薇知道，只有拚命運動手指，才能讓它一如從前。就每天勤練彈琴。於是，那一陣，漱芳齋裡，琴聲叮咚，從斷斷續續，到如高山流水，一瀉千里。

於是，這天，紫薇把爾康按在椅子裡，微笑著，深情的說：

『我爲你作了一首歌，要唱給你聽！』

紫薇坐下，熟練的拂弄琴弦，流暢的音符如水般流瀉。

爾康坐在她面前，痴痴的看著她。看到她又神清氣爽，臉頰紅潤，手指又能忙碌的拂過琴弦，他的心，就被幸福滿溢了。金瑣、小燕子、永琪、含香、明月、彩霞聽到這麼優美的琴聲，都圍了過來。

紫薇一面彈琴，一面深深的凝視爾康，眼裡，是千絲萬縷的柔情，她盪氣迴腸的唱著：

『夢裡聽到你的低訴，
要爲我遮雨露風霜，
夢裡聽到你的呼喚，
要爲我築愛的宮牆，
一句一句，一聲一聲
訴說著地老和天荒！

夢裡看到你的眼光，
閃耀著無盡的期望，
夢裡看到你的淚光，
凝聚著無盡的痴狂，
一絲一絲，一縷一縷
訴說著地久和天長！

天蒼蒼，地茫茫
你是我永恆的陽光！
山無稜，天地合
你是我永久的天堂！』

紫薇一曲既終，大家的眼眶都是濕的，但是，人人都帶著笑。

爾康好激動，一瞬也不瞬的看著紫薇。忍不住走上前去，握住了紫薇的手，兩眼發光的說：

『妳完全好了，又能彈琴了！還能唱這麼美的歌給我聽，我感激上蒼，感激所有所有照顧著妳的神

靈！』

兩人深深凝視，無盡的深情，閃耀在兩人眼底。

小燕子感動得唏哩嘩啦，伸手緊緊的握住永琪的手。

含香帶淚帶笑的看著，好想，也握住一個人的手，但是，那個人卻不在眼前。

21

紫薇的傷完全好了，漱芳齋裡的人，就個個都『活過來』了。大家像是經過冬眠的昆蟲，再也無法安安靜靜的待在宮裡。尤其小燕子，拜了蒙丹作師父，還沒學過一天武功呢！雖然永琪和爾康的武功，都不輸給蒙丹，但是，教心上人武功，可沒那麼簡單！永琪教成語，已經教得頭昏腦脹，實在不敢再教小燕子武功。所以，這天，漱芳齋的人幾乎全體出動，看蒙丹給小燕子上課。

他們選了一個沒人的破院子，院子一角，堆著許多木柴枯枝和農家工具。紫薇、爾康、永琪、金瑣、柳青、柳紅、小鄧子、小卓子站在牆邊，興致盎然的旁觀。

小燕子手持一把長劍，一個飛躍，騰空而起。大叫著：

『小燕子殺來也！』

小燕子喊著，就持劍對著蒙丹劈來。

蒙丹輕輕一閃，小燕子劈了一個空。一時收勢不及，差點劈到旁觀的永琪頭上。

永琪慌忙跳開身子，順勢托了她一把。小燕子一個後翻，橫劍一掃，正好掃向旁觀的柳青、柳紅、紫薇、金瑣等人的身上。大家叫的叫，躲的躲。

爾康急忙竄過來，把紫薇拉到身後去：

『當心當心，好不容易病好才出來一趟，不要因爲小燕子學功夫，再碰傷了！』

『小燕子！我看妳算了吧！』柳青喊：『蒙丹收了妳這樣的學生，真倒楣！』

小燕子不理衆人，又持劍對蒙丹直奔著劈去。嘴裡大叫著：

『哇……我又來了！』

蒙丹一伸手，就握住了小燕子的胳臂，把她一摔。小燕子飛了出去，手裡的長劍，竟然劈向小鄧子。小鄧子嚇得摔倒在地，就地一滾，小燕子的劍，驚險萬狀的刺到地上。小鄧子抱著頭大喊：

『格格饒命！格格饒命！』

『你們還不讓開一點！姑奶奶的劍，可不長眼睛啊！』小燕子喊。

柳紅急忙對大家說道：

『退後退後，不要死得不明不白！』

『那有人練劍，練了個不長眼睛的劍，什麼人都劈！』金瑣抱怨著。

小燕子顧不得大家，又持劍對蒙丹衝去。嚷著：

『哇……我又來了！』

蒙丹忍不住喊：

『妳這樣用蠻力是沒有用的，要把那把劍當成妳身體的一部份，舞起來要滴水不漏……妳先不要亂砍，我舞給妳看！』

蒙丹就舞起劍來，舞得虎虎生風，煞是好看。小燕子看得佩服不已，卻在蒙丹舞了一半的時候，再度持劍衝上前去。嘴裡大喊：

『師父小心……我又來了……哇……』

蒙丹正舞得密不透風，小燕子忽然殺過去，長劍和長劍一撞，火花一閃，小燕子手中長劍，就脫手飛去，對著小卓子頭頂落下。

『救命啊……』小卓子拔腳就跑，竟和剛剛站穩的小鄧子撞成一堆，兩人又摔成一團：『哎喲！哎喲……』

爾康急忙飛身而起，接下那把劍。站定了，說：

『小燕子，妳這樣學功夫，等妳學成了，這些陪公主練劍的人，全體沒命了！』

小燕子往爾康身邊一衝，就去搶劍。

『我練得正有勁，你少囉嗦，劍還我！』

『要劍？搶搶看！』爾康說。

爾康拿著劍，閃來閃去。小燕子橫衝直撞，就是搶不到那把劍。小燕子好洩氣，一跺腳說：

『不好玩！我不玩了！你們個個都武功好，就是我笨！沒有一個人肯用心教我！只會幫我洩氣！師父也是！我不學了！』

小燕子回身就走。蒙丹在後面大喊：

『小燕子！』

小燕子回頭。蒙丹的長劍已經直指面門，小燕子大驚，身子一仰，低低的一轉，躲過長劍。這一躲，躲得十分漂亮。永琪、爾康、柳青、柳紅同時爲她喝彩：

『漂亮！』

小燕子聽了，好生得意，回頭看大家，爾康就把劍擲還給她。她剛剛接了劍，蒙丹一聲大喝：

『小心！』長劍劈來，又直指小燕子面門，小燕子急忙應戰，和蒙丹交手。

兩人就翻翻滾滾，上上下下，來來往往的過起招來。沒有幾下，小燕子的劍又脫手飛了。小燕子好懊惱，對蒙丹吼道：

『師父！你一天到晚把我的劍打掉，那我學什麼？不學了！不學了！』

『去撿起來，再來過！』蒙丹忍耐的說。

小燕子任性的，撒賴的喊：

『不來了！不來了！』

『再來！』

『不來，就是不來！我不學了！』

蒙丹看著她，拚命在按捺著自己。他重重的呼吸著，眼神裡積壓著鬱怒。看著看著，他的眼睛發直，忽然之間，就無法控制的發作了。他握著長劍，一反身，突然衝向那堆木柴和枯枝，嘴裡大叫著，對枯枝劈去。

『啊……我受不了！受不了！啊……』他瘋狂般的亂砍亂劈，嘴裡大吼大叫：『誰要做妳師父？誰要教妳舞劍？誰要在這兒浪費時間？誰要待在會賓樓？誰願意這樣一直等等等！這種日子，生不如死！我是廢人！我沒用……我沒用……我沒用……』

蒙丹這個突然的爆發，讓所有人都呆住了。

小燕子心裡一酸，好生後悔，急忙上前去拉他：

『師父，對不起啦，我不是有意的！對不起啦……』

蒙丹的力道好大，小燕子才拉到他的衣服，就被他震得飛跌出去。永琪急忙上前，把小燕子一抱，拖出來，喊：

『現在不要過去！』

蒙丹的劍，把木柴枯枝，砍得木屑齊飛，非常驚人。他嘴裡不斷怒吼著：

『什麼都不能做！她出不來，我進不去！連見面都見不到！我還不如一隻蝴蝶！我算什麼？我算什麼？這樣活著，有什麼意思？什麼意思……』

他手裡的劍砍得太用力了，就深深的嵌進一塊大木頭裡。蒙丹拔劍，一時之間，拔不出來，他大叫一聲，把那把劍連同木頭，扔得老遠。然後，一個怒火攻心，就對著那些柴火牆壁拳打腳踢，一時之間，木棍木片，滿天飛舞。小鄧子、小卓子抱著頭東躲西躲。爾康護著紫薇，永琪護著小燕子，柳青柳紅護著金瑣，大家躲之不迭。蒙丹的漢語已經不夠用了，開始用回語，哇啦哇啦大叫，叫得聲嘶力竭，打得亂棒齊飛，大家看得目瞪口呆。

好不容易，蒙丹發洩完了。整個人仆在牆壁上，幾乎虛脫了。

大家鴉雀無聲。

安靜了片刻，爾康走上前去，伸手握住蒙丹的肩。誠摯的說：

『蒙丹，我告訴你，上個月，我差點失去紫薇。我知道「失去」的滋味，我瞭解你心裡的痛，瞭解得太深太深了！所以，我們一定不會讓你白白等待！我們先回會賓樓去，現在不是吃飯時間，會賓樓很空，我們再去計劃一下！怎樣？』

大家回到會賓樓，會賓樓還沒開始營業，位子都是空的。在牆邊的老位子上，大家坐了下來，泡了一壺好茶，大家就開始認真的討論起來。

『我看我們不要再耽擱了，還是想辦法，把那個「大計劃」實行吧！』柳紅說。

『怎麼實行？現在，最大的問題是，含香根本不願意，也不同意這樣做！她不合作，怎麼去做

呢？』爾康問。

『就算她同意，現在也不能實行大計劃！自從宮裡出現了布娃娃，整個皇宮都在警戒狀態裡！每個角落，都是重兵把守，現在要出宮，比任何時間都難！』永琪說。

蒙丹眼睛一瞪，失望透了：

『那麼，我還是只有一個字可以做，就是「等」？』

『我們不管了，好不好？』小燕子好同情蒙丹，說：『反正是個冒險，早做也是做，晚做也是做，如果做不成功，就是你們教我的那首詩，「橫也是死，豎也是死」！我們就拿出決心來，管他的！做了吧！』

『如果「橫也是死，豎也是死」就不要做！』柳青不同意：『要做就要有把握！那有明知是送死還去做的道理？』

『柳青說的對極了！』金瑣對柳青的話，深深贊同：『小姐好不容易才死裡逃生，你們又要去送死，我覺得簡直不可思議！還是計劃得清清楚楚再行動吧！』

『你們永遠計劃不清楚的！一會兒顧慮這個，一會兒顧慮那個！怎麼可能計劃清楚呢？我贊成小燕子的話，什麼都不要顧慮了！』蒙丹說。

『不顧慮是不行的！這件事牽涉的人太多了。你總不願意這麼多的好朋友，都為你們送命吧？如果送了命，你們還是逃不掉，那豈不是太冤了嗎？』柳紅搖頭。

『我覺得最重要的，還是剛剛爾康說的那個問題，』紫薇沈吟的說：『不管我們怎麼「計劃」，這個計劃都要含香合作，她是主角呀！可是，她現在有一大堆的道義責任，還有她對阿拉發過的誓言……她說什麼都不肯，那要怎麼辦？』

蒙丹痛苦的敲著自己的腦袋：

『如果我能見她一面，如果我能跟她當面談……老天，那道宮牆，把我們隔在兩個世界裡，我要怎麼辦呢？怎麼辦呢？』

爾康下決心的一抬頭，說：

『蒙丹，我讓你們見一面，怎樣？你親自去說服她！』

蒙丹大震，所有的人都驚看爾康。

『見一面？怎麼見？』蒙丹問。

『你混進宮去！』

『行嗎？你們願意幫我？』蒙丹興奮得幾乎不能呼吸了。

『爾康，你有把握嗎？』紫薇看爾康：『這也不是一件小事啊！蒙丹這種生面孔，在宮裡要不被注意，實在不容易！』

永琪轉動眼珠，看著爾康，他們這對情同手足的知己，早就有了最好的默契：

『說不定有個辦法！這個月初七，小阿哥滿一百天，宮裡照例要慶祝，爾康，好像又是你負責？』

爾康重重的點頭，神祕的說道：

『對！又是我負責！到時候，戲班子免不了，雜技團也免不了，說不定，還可以預備一點特別的節目，剛好發生了布娃娃事件，我們來個薩滿驅鬼舞之類，演員全體戴面具進宮！』

蒙丹整個眼睛都發光了。永琪盯著他：

『不過，你要保證，進去見了一面就出來，不能出狀況……』

柳青睜大了眼睛：

『你們太大膽了！萬一他們兩個，見了面就難捨難分，那要怎麼辦？如果祕密被發現了，那又要怎麼辦？』

蒙丹又是興奮，又是渴望，整個人如大旱之望雲霓，急促的說：

『我知道嚴重性，我保證，見一面就出來！我保證，不給你們大家出問題！』

紫薇看著這樣迫切的蒙丹，想著朝思暮想的含香，心裡一片同情，就點頭說：

『如果能夠平安混進去，就可以在節目進行一半的時候，把他們帶到漱芳齋去見面。大家都在看表演，一定人不知鬼不覺。』

『我覺得不妥當！太冒險了！有點瘋狂！』柳青說。

『哥！不要掃興了，就讓大家發發瘋吧，冒冒險吧！他們已經比牛郎織女還慘了！人家牛郎織女一年也見得到一次呀！』柳紅感動而興奮。

『是呀！是呀！』小燕子嚷著，一拍膝蓋：『就這麼做！我們把蒙丹藏在變魔術的箱子裡，運進宮去，怎麼樣？』

『那倒不必！』爾康轉著眼珠，足智多謀的說：『反正沒有人認識蒙丹，儘可以大大方方的跟著雜技團或者舞蹈團進去！要設計的，是進去以後的事情！』他看著柳青柳紅，拿定主意了：『你們兩個也來！反正是雜技班子，你們也是演員！你們護送蒙丹進來，再護送他出去！』

蒙丹太興奮了，整個臉孔，都發光了。站起身子，對衆人一抱拳，激動得一塌糊塗，大聲說道：

『不管我和含香的未來如何，這一面對我都太重要了！我願意用我的生命，我的一切的一切，來換取這一面！爲這個粉身碎骨，我也認了！各位的大恩大德，我先謝了！』

大家看到蒙丹這麼激動，就有志一同，全部都義無反顧了。

『那麼，事不宜遲，我們大家，又該商量大計了！』永琪說。

於是，他們整個下午，討論又討論，計劃又計劃，研究著這個瘋狂的見面。

轉眼間，到了那個偉大的日子。

皇宮裡，大家又集中到戲台前面了。宮裡平常沒有什麼娛樂，只要有喜慶的日子，照例要熱熱鬧鬧的鬧上一整天。

鑼鼓喧天。戲台上，雜技班正在賣力的表演。

戲台下，又是高朋滿座。

含香坐在令妃旁邊，但是情緒非常緊張，關於這個計劃，紫薇和小燕子早已告訴她了。自從得到消息以後，她就食不知味、寢不安眠了。只要一想到蒙丹要冒險進宮，她就心驚膽戰。但是，那種渴望，又像火似的燒著她。使她覺得，只要能夠見這一面，就是燒成灰燼，也在所不惜！現在，她坐在皇后和太后身邊，在眾目睽睽下，多少雙眼睛看著，而蒙丹……蒙丹就要出場了！她朝思暮想的蒙丹，她魂牽夢縈的蒙丹！她目不轉睛的盯著台上，渾身冒著冷汗，整個人像一根繃緊的弦。

小燕子、紫薇也是魂不守舍，情緒緊張的東看西看。爾康和永琪沒有入座，穿梭在前台後台，張羅一切。

一段特技表演完了，演員匍伏於地高喊：

『皇上萬歲萬歲萬萬歲！老佛爺千歲千歲千千歲！諸位娘娘、阿哥、格格千歲千歲千千歲！』

『好！有賞！』乾隆鼓掌。

便有太監，將賞賜送上台。大家掌聲雷動。

音樂驟然一變，節奏強烈。

驅鬼舞開始了！眾多戴面具的壯男，一躍上台，手持有響鈴的『伏魔棒』，聲勢驚人的開始跳驅鬼舞。

太后睜大了眼睛，看得聚精會神。

『這個舞蹈，真是薩滿法師來跳的嗎？』

『好像是！聽說是爾康特別設計的，要把宮裡的邪魔驅除！』晴兒說。

皇后看到驅鬼舞，有些不安。令妃看得好希奇：

『那些戴面具的人，是象徵魔鬼嗎？』

『其實不是！』晴兒說：『咱們滿人的驅鬼舞，和西藏的打鬼舞類似！那些戴面具的人，都是驅鬼的法師，那些面具，是用來嚇鬼的！法師相信，就是鬼，也有害怕的時候！』

太后有所感觸，憂心忡忡的說：

『如果能夠把邪魔揪出來，比驅逐還有用！』

皇后聽了，竟然打了一個冷戰，瞪著台上，不動聲色。

鼓聲隆隆，音樂驟然加強，蒙丹一躍出場。令妃驚呼：

『瞧！有個不戴面具的人出來了！』

『那是「天神」，也是「大法師」，代表驅鬼舞中最權威的人！』晴兒說。

蒙丹穿著一身黑色的法衣，張開雙手，像一隻大大的蝙蝠，他眼神凌厲，身手敏捷。頭上戴著奇異的裝飾，插著羽毛，以有武功的身段，在台上勁舞。柳青柳紅戴著面具，伴隨他的左右，儼然是他的助手。

蒙丹一出場，含香就驚跳著，全身的神經，更加緊繃起來，兩隻眼睛，就再也不能從蒙丹臉上移開

了。她全神貫注的看著蒙丹，幾乎不能呼吸了。

蒙丹的舞步，混合了武功、特技和舞蹈，在眾多戴面具的人中，縱橫跳躍，手中的伏魔棒，上下揮舞，鈴聲和音樂配合，感覺強烈。他的眼神，直逼台下，和含香眼神相接了。

含香屏息凝神，魂魄都飛到台上去了。

舞者抖動著，伏魔棒抖動著，面具抖動著，無數的手臂抖動著……蒙丹的眼神和含香的眼神，在奇異的音樂下，跳動的響鈴中，緊緊的糾纏著。

小燕子和紫薇看得心都快要跳到喉嚨口。

乾隆也看得目不轉睛。

舞蹈強而有力，節奏強而有力，舞者不時發出吶喊，以增加氣勢。天神充滿了『力』的感覺。這樣奇特的舞蹈，把乾隆和眾嬪妃都帶進一個奇特的境界裡，大家全都看得目瞪口呆。

半晌，鼓聲乍停，音樂乍止。眾舞者全部匍伏於地，山呼萬歲。

『好！精彩極了！』乾隆大喊，拚命鼓掌。大家這才爆出如雷的掌聲。

掌聲中，舞者行禮退席。幾十個打扮得花團錦簇的少女，舞著彩蝶出場。

太后等人，才吐出一口長氣來。

含香仍然魂不守舍，眼神還是痴痴的看著台上。

這時，紫薇悄悄退席。小燕子走到香妃這桌來，對含香低聲說：

『香妃娘娘，紫薇又有點不舒服，先回漱芳齋了。可不可以請妳去看一看？妳那個仙丹，對她最有用了！』

含香一震，臉色蒼白。令妃一聽就急了，趕緊說：

『香妃，拜託拜託，妳就去一趟吧！』

太后看了含香一眼，看了小燕子一眼，心裡不大愉快：

『紫薇那個丫頭真是嬌貴！看看表演也會不舒服，香妃，妳就去看看吧！』

含香急忙起身，語音急促的說：

『是！』

含香站得太急，腳下一個踉蹌，差點站不穩。小燕子一把握住含香的胳臂，拉著她就走。大廳門口，爾康和永琪注意著這邊，看到含香和小燕子退席，爾康就對福倫急急的說道：

『阿瑪！這兒交給您了！我要去安排那些表演完的人，讓他們先回去一批！』

『你去忙你的去！分批回去是對的，免得閒雜人等太多！這兒有我！』福倫完全不知情，點頭說道。

爾康和永琪，就一溜煙的去了。

台上的表演，還在熱鬧的進行，紫薇她們的退席，並沒有引起任何人的注意，只有皇后，看在眼裡，一肚子的懷疑。忍不住對太后低聲說道：

『這個漱芳齋實在有些奇怪，表演沒完，好像個個人都走了！連五阿哥和爾康也走了！』

太后怔了怔，立即注意起來。臉上，也充滿疑惑了。

漱芳齋裡，真是熱鬧極了。

小燕子拉著含香衝進房的時候，蒙丹、紫薇、爾康、永琪、金瑣、柳青、柳紅已經在門裡等候。爾康立刻把房門關上。小鄧子、小卓子、小順子、小桂子、明月、彩霞全在外面把風。

含香一看到蒙丹，整個人就像釘死在地上，站在那兒一動也不動，眼睛死死的看著他。蒙丹也死死的看著她，好像全世界都不存在了，眼中只有彼此。

大家看著他們，個個激動。小燕子著急的喊：

『說話呀！你們快說話呀！時間不多，你們這樣你看我，我看你，就把時間看光了！』說著，就把含香推到蒙丹面前去。

含香踉蹌了兩步，站穩身子，仍然一瞬也不瞬的凝視著蒙丹。蒙丹也是如此。爾康吸了一口氣，說：

『這樣不行，我們一大堆人杵在這兒，讓他們怎麼說知心話？』

爾康就拉著蒙丹，推進臥室：

『你們去臥室裡面談，我們在大廳守著！放心，我們已經層層部署了！外面守了好多人。可是，你

們只有半盞茶的時間可以談！千萬把握時間，長話短說！記住，如果有意外發生，趕快依照我們商量的辦法做！』

爾康把蒙丹推進臥房，小燕子也拉著含香，把她也推進臥房去了。

兩個人進房以後，大家就緊張的互視著。柳青柳紅手裡，抱著一大堆面具和伏魔棒。柳青急急的說：

『我們每人把面具和伏魔棒拿在手上，萬一有個狀況，不要臨時亂了手腳！』

柳紅發著面具伏魔棒，每人都拿了一套。柳紅和柳青這還是第一次進宮，本來，應該好好見識一下皇宮的，可是，現在什麼心情都沒有，大家都明白，把香妃的心上人掩飾進宮，還安排他們見面，這根本是一個『砍頭』的遊戲。柳紅說：

『我好緊張啊！生平沒有做過這麼刺激的事！大家趕快把爾康寫的那個伏魔口訣背一背，不要等到有狀況的時候，嚇得什麼都忘了！』

金瑣拍著胸口說：

『我已經忘得差不多了！柳青，趕快再教我一次，那個口訣是怎麼唸的？到時候，一句都記不起來怎麼辦？』

爾康看著大家，神色凝重的說：

『真記不起來，就隨便唸咒！唸得煞有其事就好了！』

永琪不放心的對小燕子說：

『那個「伏魔口訣」，妳背出來了沒有？上次商量的應變方法，妳記牢了沒有？我看妳一副心不在焉的樣子，妳到底記住沒有？』

『有有有！不要老是對我不放心嘛！』小燕子胡亂的點著頭，看著裡面：『哇！好美啊！他們總算見面了！不知道他們談些什麼？』

『只怕要說的話太多，反而一句都說不出來！』紫薇嘆息著，兩眼水汪汪。如果易地而處，自己會怎麼樣？一定什麼話都說不出來。

紫薇這樣想著，就去看爾康，正好爾康也看過來，兩人心念相通，『有情但願長相聚，歲歲年年無別離』！爾康情不自禁，就伸手握著紫薇的手。

含香和蒙丹進了臥室，好久都沒有出來。半盞茶的時間過去了，一盞茶的時間也過去了。隨著時間的流逝，大廳裡的人，越來越緊張。大家焦急的在房間裡走來走去，柳紅不安的說：

『他們已經進去好半天了！我們去叫他們吧，這樣太危險了，等會兒表演都完了，大家散場還找不到我們，不是很糟糕嗎？』

『我去叫他們吧！』金瑣說著，就往臥室走。紫薇一攔，說：

『不要不要，再給他們一點時間！他們一定有幾千句，幾萬句話要說！』

永琪看爾康，緊張的問：

『還能耽誤嗎？他們這樣談下去，很可能談到明天早上，也談不完！我覺得，到此爲止吧！以後有機會，再把蒙丹送進來！』

『可是，好可憐啊！』小燕子說：『再給他們一點點時間好了……』

小燕子話沒說完，外面一連串響起小卓子小鄧子、小桂子小順子、明月彩霞……緊張的聲音，層層的通報過來：

『老佛爺駕到！皇后娘娘駕到！』

『老佛爺駕到！皇后娘娘駕到！』

『老佛爺吉祥！皇后娘娘吉祥！晴格格吉祥！』

房裡的人全部大驚失色。柳紅急忙喊：

『面具！面具！』

大家七手八腳，拿著面具，全部衝進臥室。

太后、晴兒、皇后、容嬤嬤和宮女們已經進房。明月、彩霞緊張的跟在後面。

『怎麼一個人都沒有？』太后四面張望，奇怪的問。

只聽到，從臥室裡，傳來陣陣鈴響聲，咒語聲，吆喝聲……彩霞趕緊回答：

『回老佛爺，他們都在臥室裡！』

太后心中大疑，男男女女，全體跑進格格的臥室，成何體統？皇后和容嬤嬤彼此交換著眼神，再去

看太后。太后就昂首闊步，直接走進臥室。晴兒、皇后、容嬤嬤等人急忙跟隨。

大家走進臥室，就被一個場面驚呆了。只見好幾個戴著面具的人，正拿著『伏魔棒』在那兒揮舞作法，嘴裡唸著咒語驅鬼，聲勢驚人。

爾康、永琪、紫薇、含香、金瑣沒有戴面具，一臉虔誠肅穆的站在床的兩頭。

小燕子、柳青、柳紅、蒙丹、全部戴著面具，忙忙碌碌的對著那張床揮捧搖鈴，唸唸有辭的驅鬼。看到太后，也不行禮。柳青、柳紅、蒙丹唸著伏魔口訣：

『萬神降臨，萬鬼歸一！諸鬼聽令，莫再留連！度爾亡魂，早日成仙！人間世界，與爾無緣，爲何作祟？有何沈冤？莫再徘徊，莫再留連，去去去去，早日成仙……』唸得煞有介事。

小燕子戴著面具，滿屋子跳來跳去，『驅鬼』驅得天搖地動。那些文謅謅的口訣，她那兒記得住，就自我發揮，亂唸一氣，唸著唸著，那沒有戴牢的面具也掉了下來，她也不要面具了，依舊作她的法，嘴裡大聲的吆喝著：

『天靈靈，地靈靈！大頭鬼，小頭鬼，屈死鬼，吊死鬼，餓死鬼，撐死鬼，索命鬼，淹死鬼，氣死鬼，膽小鬼，吝嗇鬼，報仇鬼……各種鬼怪，去去去！大鬼小鬼布娃娃鬼，真鬼假鬼害人鬼，伏魔棒來也，全體給我現出原形，急急如律令！』

永琪聽到小燕子唸得希奇古怪，生怕壞了大事，被她弄得急死了。只好急急的走到太后等人面前，低低說道：

『老佛爺，請不要驚擾他們作法！這個漱芳齋有些不乾不淨，居然出現布娃娃，讓兩位格格蒙上不白之冤，紫薇又差點送命，大家心裡都有些毛躁！小燕子聽說這些跳驅鬼舞的人，真的可以驅鬼，特別請他們來傳授幾招！把這個漱芳齋的晦氣除掉！』

『原來是這樣！』太后驚訝的說。

小燕子看到皇后和容嬤嬤也來了，氣得不得了，就忘了要保護蒙丹，以爲自己真有『驅鬼功夫』，一下子跳到皇后和容嬤嬤面前，『伏魔棒』舞得震天價響。嘴裡胡亂的唸著自己瞎編的咒語：

『嘰哩咕嚕那不那魯咪裡嗎唬唏哩呼嚕嘛咪嘛咪急急如律令！小燕子在這兒作法，有個不要臉的害人鬼，在別人床墊底下放布娃娃！在我的伏魔棒底下，給我現出原形！嘰哩咕嚕那不那魯咪裡嗎唬唏哩呼嚕嘛咪嘛咪急急如律令！』說著，就中氣十足的大吼：『妳給我出來！』

隨著這聲大叫，小燕子手裡的伏魔棒，就一棒揮到容嬤嬤頭頂。

容嬤嬤嚇了一大跳，驚喊：

『格格！妳要做什麼？』

小燕子眼睛直直的瞪著容嬤嬤的頭頂，中邪似的說：

『看見了！看見了！原來容嬤嬤的頭頂有個妖怪！讓我看看清楚……哎呀！是個穿紅衣服的姑娘，眼睛瞪得大大的，臉色慘白慘白，蹲在妳的頭上！哎呀，是個滿身冤氣的屈死鬼，她要找妳報仇！來！我幫妳除鬼！』

小燕子嘩啦一棒，打掉了容嬤嬤的旗頭。

『小燕子！不要裝神弄鬼了！』皇后厲聲喊：『老佛爺來了，你們還這樣大呼小叫，也不過來參拜，簡直沒有規矩！』

晴兒看得津津有味，急忙阻止皇后。輕聲細語的說：

『娘娘不要太大聲，這個「驅鬼」，寧可信其有，不可信其無！』

太后覺得事有可疑，非常懷疑的看著柳青柳紅和蒙丹。

爾康、永琪、紫薇、金瑣生怕小燕子演得過火，露出馬腳，大家悄悄的去看小燕子，遞眼色，奈何小燕子見到容嬤嬤，就仇人相見，分外眼紅，什麼都不管了，在那兒全心對付容嬤嬤。大家的眼色她看也沒看，含香的蒼白她也沒注意，拿著那根伏魔棒一直在容嬤嬤頭頂揮舞，嘴裡自顧自的說著：

『有冤報冤，有仇報仇……紅衣鬼，妳從那兒來？報上名來，妳叫翠兒！翠兒，翠兒，翠兒……翠兒有什麼冤？有什麼仇？說來聽聽……妳是坤寧宮的宮女……被容嬤嬤害死，推進後院的井裡……』

容嬤嬤渾身一陣顫慄，臉色慘變。卻仍然維持鎮定，傲然的抬頭，說：

『還珠格格，不要血口噴人！那兒有鬼？妳聽了宮裡什麼閒話？也拿來嚇唬我？我是宮裡的老嬤嬤了，我坐得正，行得正，什麼妖魔鬼怪都不怕！怪事我早就見多了……』

小燕子一聲尖銳的驚呼，打斷了容嬤嬤：

『哎呀！還有一個穿綠衣服的女鬼，正在咬容嬤嬤的肩膀，啃容嬤嬤的骨頭，容嬤嬤，妳是不是肩

膀很痛呀？哎呀，都咬出血了……』伏魔棒一揮，大聲一吼：『女鬼，妳叫什麼名字？妳的舌頭怎麼那麼長？哎呀……是個吊死鬼！妳叫什麼名字……五兒……五兒！』

容嬤嬤大震，原來，小燕子說的這兩個宮女，都是幾年前，在坤寧宮服侍皇后的宮女，確實是投井的投井，上吊的上吊。容嬤嬤天不怕地不怕，卻迷信得厲害。對於鬼魂之說，還真怕！現在，在伏魔棒的揮舞下，在一屋子薩滿法師的唸咒下，顯得有些張皇失措了。她顫聲喊：

『拿開！拿開！把那個棍子拿開！不要對著我作法……』

小燕子這一下得意了，棍子在容嬤嬤身上打來打去。越叫越高興：

『冤有頭債有主！容嬤嬤什麼都不怕！五兒來報冤，翠兒來報仇！所有的冤死鬼，全體來呀！有冤報冤，有仇報仇……』

皇后大怒，急喊：

『小燕子！妳還不停止！妳是在驅鬼還是在招鬼呀！這樣胡說八道，不怕下拔舌地獄嗎？』

容嬤嬤覺得自己不能呼吸了，求救的看皇后：

『皇后娘娘，我們走吧！這個還珠格格好像中邪了……』

小燕子對容嬤嬤陰沈沈說道：

『容嬤嬤，今天夜裡，五兒和翠兒都要來找妳，翠兒說，那口井好冷，五兒說，那條白綾好緊……反正妳不怕鬼，妳就等著……』

容嬤嬤躲著小燕子：

『不要碰我！不要碰我……我才不怕妳……』

小燕子閃到容嬤嬤身後，冷不防的對容嬤嬤的後腦勺吹了一口氣，容嬤嬤嚇得一個倒退，撞到正在作法的蒙丹身上，她一回頭，接觸到蒙丹特別恐怖的鬼面，和那對寒氣森森的眸子，嚇得失聲尖叫：

『哇……不要碰我，不要碰我……』

容嬤嬤就跌跌衝衝的奪門而逃了。

小燕子的演出，這麼失控，爾康和紫薇不斷互看，緊張得不得了。永琪拚命嚥著口水，眼睛睜得好大。含香嚇得面無人色，快要暈倒了。其他的『驅鬼』人，已經不知道如何配合。只得各驅各的鬼，滿屋子亂跳，自顧自的唸著『伏魔口訣』。這種場面實在突兀而驚人。

太后看得眼花撩亂，莫名其妙。晴兒卻看得好有興趣。

小燕子看到嚇走了容嬤嬤，實在得意，伏魔棒更是舞得有聲有色。又唸起咒來：

『嘰哩咕嚕那不那魯咪裡嗎唬唏哩呼嚕嘛咪嘛咪急急如律令！大頭鬼，小頭鬼，屈死鬼，吊死鬼……』

爾康實在忍不住了，上前打斷小燕子：

『小燕子！驅鬼舞到此爲止吧！戲台大概也快散戲了，我們不要耽誤他們回家！』就對蒙丹一揖到地：『爾康謝謝法師幫忙驅鬼！這就送各位出宮去！』

得到爾康的提示，柳青、柳紅趕緊拿掉面具，蒙丹也跟著拿掉了面具，三人對太后跪地請安：

『老佛爺、皇后娘娘千歲千千歲！』

太后對三人定睛一看，看到蒙丹，恍然大悟的說道：

『原來是那個「天神」啊！』這一下，相信是真的在驅鬼了：『你們真的在驅鬼呀？這兒到底有沒有不乾淨？』

蒙丹還没回過神來，柳紅機警接口：

『回老佛爺，這個漱芳齋煞氣很重，犯小鬼，已經作法驅除了！』

小燕子又插嘴了：

『不止犯小鬼，還犯小人！不論是小人還是小鬼，我都打他一個落花流水！』

皇后疑惑得不得了，盯著大家看，卻又看不出什麼破綻。

太后就抬頭說道：

『我以爲紫薇丫頭又不舒服了，特地過來看看，既然是驅鬼，没有不舒服，那我也放心了！皇后，我們走吧！』又看著爾康，正色說道：『這個鬼，如果驅完了，閒雜人等，也該離開了！』

『臣遵命！』爾康一抱拳。回頭看著蒙丹、柳青、柳紅說：『我送各位出去！』

蒙丹就飛快的看了含香一眼，兩人對視，眼神裡，是肝腸寸斷的痛。爾康生怕出事，推了蒙丹一下，蒙丹倏然醒覺，不能再耽擱了，不能害了這些捨命幫自己的人！他咬緊牙關，一摔頭，去了。永琪

和柳青柳紅也跟著出去了。

太后、皇后、晴兒也一起走了。

含香看到大家都走了，這才虛脫般的倒在床上，頓時淚如雨下。

小燕子和紫薇，一邊一個擁著她，不知道怎樣才能安慰她。

爾康和永琪，帶著柳青、柳紅、蒙丹急急的往宮門走去。

蒙丹一步一回頭，心碎神傷。柳青、柳紅驚魂未定。柳青看看沒人注意到他們，就呼出一口大氣來，說：

『這個小燕子，怎麼演出完全失常？差點給她壞了大事！那個口訣，她居然一個字也沒記住，信口胡編，編得又那麼離譜，最後還招起鬼來，把那個老嬤嬤嚇得屁滾尿流……』就興奮的問永琪：『那個嬤嬤，就是著名的容嬤嬤了，是不是？』

『是！』永琪忍不住有點得意：『這些老嬤嬤作惡多端，看樣子，心裡還是害怕的！奇怪的是，她們不怕害人，倒怕有鬼！今天，大概真的被小燕子嚇住了！』

『我也給小燕子嚇住了！』柳紅說：『簡直給她攪得頭昏腦脹，也不知道是繼續唸咒好呢，還是看她表演好！下一次，再碰到這種情形，我們得把她安排好，最好給她一個不開口的角色！』

『還有「下一次」嗎？我嚇得渾身冷汗，下不爲例了！』爾康正色說。

『五阿哥，你怎麼不把小燕子教教好？她當了這麼久的格格，跟大雜院時代的小燕子，還是一模一樣！』柳紅問。

『怎麼沒有教？左教一次，右教一次，教得我口都乾了，她就是記得亂七八糟！每次，她都說，事關生死，我怎麼會開玩笑呢？到時候，她就連生死都忘了！好在，老佛爺對於鬼神，都很敬畏，好像相信了！』永琪說。

『那個皇后，可是一點都不相信！』柳青說。

『她信不信，我們用不著管，嚇倒了容嬤嬤，倒也是一個大收穫！』

蒙丹一句話都不說，只是不住回頭。爾康就推了推他問：

『怎樣？都說好了嗎？有沒有說服她？』

蒙丹陰鬱的搖搖頭。忽然說道：

『我想留下來！我要繼續去說服她！』

『留下來？什麼意思？』永琪大驚。

爾康一把捉住了蒙丹的胳臂。堅定的低聲說：

『你不能留下來！這是皇宮，沒辦法藏住你這個大男人，就算藏住了，你也無技可施！今天，不要再出狀況了！回會賓樓去，來日方長，我們再計劃！』

『是啊！』永琪急忙接口：『不要第一次見面，就弄得天下大亂！你看，老佛爺說來就來，小燕子

沒輕沒重，我們真是好險才過關！不管怎樣，都要克制自己，讓我們再從長計議！』

蒙丹萬分無奈，他知道今天的進宮，是永琪爾康他們冒著生命危險來掩護他的，自己絕對不能出事。可是，今日一別，再相見不知何年何日，他茫然回顧，心中一片淒慘。真是不見面時千思萬想，見面之後，還是千思萬想！

22

蒙丹進宮，就這樣險而又險的闖關成功。但是，含香還是堅持要守住對父親的承諾，這次見面，帶給雙方的，只有更深更深的痛楚和追憶。小燕子、永琪、爾康、紫薇這四個年輕人，雖然個個聰明過人，足智多謀，這次，對含香和蒙丹的事，卻完全無技可施了。

紫薇的手指已經完全康復，在幾個太醫的調理之下，身體也比以前健康了，臉色紅潤，精神飽滿。爾康看在眼裡，真是滿心歡喜。

這天，乾隆心情良好的到了漱芳齋，看到紫薇完全恢復了，就守著諾言，要和紫薇下棋。小燕子最近，正在跟著紫薇永琪學下棋，棋力很差，棋癮很大，看到乾隆和紫薇下棋，就心癢起來。爾康、永琪都恭恭敬敬的站在一邊看棋。

金瑣、明月、彩霞忙忙碌碌的侍候著茶茶水水。

紫薇下了一顆子，抬眼看了乾隆一眼：

『皇阿瑪！叫吃！』

小燕子看得津津有味，忍不住上前喊：

『喂喂……喂喂……紫薇，不要走那一步！走這兒，這兒……』一邊插嘴，一邊用手指到棋盤上去：『這兒！聽我的没錯！』

乾隆抬頭一哼：

『哼！小燕子，妳知不知道「觀棋不語真君子」？』

『觀棋不語真君子？反正我不是「君子」，我是「觀棋説話假小人」！』

永琪和爾康忍著笑。

小燕子看到乾隆下了一子，又忍不住了，叫：

『皇阿瑪，你怎麼不走那邊？』

『妳這個臭棋，少支招了！』乾隆説。

小燕子不服氣，瞪大了眼睛：

『我是臭棋？皇阿瑪！你不要太小看我！你不知道，我現在跟著紫薇學下棋，已經下得很好了！等會兒我跟你下一盤試試，好不好？』

『妳要跟朕下一盤？』乾隆笑看小燕子。

『是呀！是呀！紫薇説我下得很好，我還常常贏紫薇呢！紫薇，是不是？』

『是！』紫薇笑著說，就看著乾隆：『她剛剛學會下棋，棋癮大得很，一天到晚纏著人跟她下棋，上次居然抱著棋盤去找紀師傅，被紀師傅殺得片甲不留！』

『什麼「騙了不溜」？』小燕子抗議的說：『我又沒有用「騙」的，又沒有用「溜」的！就是下到最後，我的黑子就「光溜溜」，全體不見了！』

乾隆笑了，大家都笑了。

小燕子噘著嘴：

『紀師傅真不夠意思，下了兩盤就不肯跟我下了！』

爾康忍不住笑著說：

『紀師傅說，天下有三大苦事，一是農夫碰到久旱不雨，二是作官碰到奸臣當道，三是紀師傅碰到還珠格格要下棋……』

爾康一句話沒說完，乾隆大笑起來。邊笑邊罵：

『這個紀曉嵐，也太刻薄了！小燕子，別洩氣，待會兒朕跟妳下！』

小燕子樂得歡呼起來，跳得老高：

『皇阿瑪萬歲萬歲萬萬歲！』

結果，乾隆可找了一個麻煩。小燕子的棋，下得當然不好，問題是，棋品也不大好。又是悔子，又是賴皮，有時還悔到兩三步以前去。乾隆這一生，那個敢這樣沒品的跟他下棋？他可在小燕子身上領教

到了。

『叫吃！』乾隆落了一子。

小燕子一看不妙，急叫：

『啊……啊……不對不對，我走錯了！』

小燕子把乾隆的棋子拿起來，還給乾隆，自己又重走。

『走定了？好，朕要走了！』乾隆又笑又搖頭。

小燕子沒把握了，趕緊把落好的子又拿了起來。

『我再想想！好……』想定了，換了一個地方：『我走這裡！』

『哈哈！』乾隆大笑：『走來走去，走了最臭的一著！叫吃！』指著棋盤：『妳這一塊都給朕吃了！』

小燕子一看，趕緊把自己下的那顆子又拿起來。

『我不走那顆了！我還是走原來的地方！』

『那怎麼行？』乾隆說：『妳的棋品太壞了！知不知道「舉手無悔大丈夫」？』

小燕子握著棋子不放：

『我不是「大丈夫」，我是「舉手就悔小女子」！』

紫薇、爾康、永琪搖頭的搖頭，笑的笑。結果，小燕子大輸，輸得面紅耳赤。把棋盤一拂，棋子落

了一地。

「怎麼總是我輸？不相信！再來一盤！皇阿瑪，再來一盤！」

「紀師傅的苦，朕是嚐到了！」乾隆大笑起身：「好了！妳這個棋，還是找小鄧子小卓子跟妳下下算了！」

「他們都不肯跟我下！」小燕子說。

「連他們都不肯跟妳下？」乾隆睜大眼睛。

「皇阿瑪，再下一盤啦！」小燕子央求的：「就下一盤，你讓我九子好了！」

「我讓妳十八子，妳也贏不了！」乾隆看看天色，伸了個懶腰：「哎！紫薇，看到妳又能下棋，手指沒有留下病根，朕真是欣慰極了！」

「謝皇阿瑪關心！」紫薇好感動。

乾隆愛憐的看看紫薇和小燕子。眼睛一瞪：

「聽說你們裝神弄鬼，把容嬤嬤嚇得大病一場！怎麼那樣放肆？」

「真的呀？」小燕子大樂：「她嚇病了呀？怪不得最近皇后不來找我們麻煩了！哈哈！下次容嬤嬤再找我麻煩，我就拿伏魔棒對她作法！」

「你們也淘氣得太過份了吧！」乾隆說，想了想，又笑了：「不過，那個容嬤嬤，心腸歹毒，朕正想找個方法治治她！把她嚇一嚇，也是她罪有應得！俗語說得好，平時不做虧心事，夜半敲門也不

驚！』

小燕子太快樂了，滿臉都是光彩：

『皇阿瑪！你真是太瞭解了！你真是太好太好了！』說著，又拉著乾隆的袖子，撒起嬌來：『如果你肯跟我再下一盤棋，你就是最偉大的爹了！』

『再跟妳下一盤？朕沒有那麼偉大！』乾隆舉步向外走：『不下棋了！朕還要去寶月樓坐坐！』

『寶月樓？』小燕子臉上的陽光頓時消失。

房間裡每個人的神色都一緊，臉色全部一暗。

其實，乾隆在寶月樓裡，並沒有做什麼讓含香為難的事。

御膳房裡，最近添了幾個回回廚師，專門為含香做維族的伙食。什麼羊肉串、烤鹿肉、烤野鴨、羊肚片、回子餑餑、燒鹿筋、雜燴熱鍋……一樣又一樣的送到寶月樓來，乾隆每晚，就到寶月樓來和含香一起喝酒，吃回回餐。

含香會虔誠的向真主禱告，再和乾隆共飲。

乾隆會靜靜的看著她，研究她。看著她那美麗的臉龐，一身的異國色彩，聞著滿室幽香，儘管心猿意馬，也不敢造次。

『妳每次祈禱，都禱告些什麼？』乾隆問：『為了妳的族人嗎？』

『是！自從來到宮裡，知道已經沒有自我了，就天天爲回族祈禱！』含香看著乾隆，誠懇的說：

『其實，我也常常爲皇上祈禱！』

『是嗎？妳爲朕祈禱些什麼？』乾隆動容的問。

『祈禱……皇上更加開明，更加幸福，更加得人心！』

乾隆笑了，深深的凝視含香：

『但願香妃的祈禱靈驗！朕只要香妃有笑容，就會更加幸福，別的人心也算了，朕現在最想得到的，就是妳的心了！』

含香一聽，臉色就立刻陰暗下去。乾隆看到她的臉色，心往下沉。終於，他按捺了自己，忍耐的說：

『算了！最近，宮裡的事情特別多，朕心裡壓著好多大石頭，總覺得沉甸甸的，透不過氣來！妳上次救了紫薇那丫頭，朕對妳真的非常感激。不想讓妳不高興，也不想讓紫薇和小燕子失望……說真的，朕還沒有碰到過像妳這樣的難題！朕只想告訴妳，朕真的非常非常喜歡妳！如果妳一定要和朕保持距離，那麼，朕就把妳當成一個傾訴的對象吧！不管妳心裡怎樣，朕仍然以擁有妳爲榮！』

這樣的告白，讓含香更加痛苦了。

乾隆說完，就伸手去握她的手，含香被動的讓他握著，可是，眼前像閃電般閃過蒙丹痛楚的眼神。含香渾身一顫，用力的一抽手，站了起來。

『皇上，』含香帶淚的說：『我跳舞給你看，好不好？』

含香就跳起舞來，維娜吉娜趕快奏樂。

乾隆看著舞動的含香，眩惑在她曼妙的舞姿裡，沈淪在她那含淚的眸子裡。不知道自己是享受還是自虐？是擁有還是失落？他就迷失在自己那矛盾的情緒裡，有些痛苦起來。

這種生活，對於含香真是一種折磨。漱芳齋成了她避風的港灣，她經常逃到漱芳齋去，只有在這兒，她不用僞裝自己，她可以說出心裡的話：

『如果根本没有見到蒙丹，我也認了！再見到他，好像把所有的過去，全部帶到了眼前！他那麼痛苦，他的感情那麼強烈……他的眼睛，一直在我眼前出現，瞪著我，求著我……我没辦法呀，没辦法擺脫他的眼睛，没辦法擺脫他的聲音，我真的不知道該怎麼辦才好！以前，皇上來寶月樓，我還可以敷衍他，現在，連敷衍都做不到！我怎麼辦呢？』

『所以，這種生活一定要結束！』紫薇同情得不得了：『妳現在好像被切割成了兩半，一半是皇阿瑪的愛妃，一半是蒙丹的心上人，這種生活，再過下去，妳會崩潰的！含香，不要再猶豫了，慎重的考慮一下那個「大計劃」吧！』

『可是，那個計劃也有很多問題，一個都没解決，還要連累你們，我實在心驚膽戰！萬一皇上大怒，對回部宣戰，那我豈不是民族的罪人嗎？』

小燕子義憤塡膺，拍著胸口說：

『聽我說！妳不要管那麼多，只要去做！船到橋頭自然直！我們幾個，是「大難不死，逢凶化吉」，每次眼看活不成，最後還是死不掉！所以，妳別爲我們操心！至於回部啦，民族啦……妳就交給你們那個真主阿拉吧！祂如果連這點小事都辦不好，還能當你們的神嗎？』

『小燕子這幾句話，可是深得我心，講得漂亮極了！有理極了！』紫薇笑了。

小燕子被紫薇一誇獎，就飄飄欲仙了，得意的看紫薇：

『是嗎？是嗎？我也有點道理，是不是？』

『妳一直都很有道理！理直氣壯！理不直的時候，妳也是氣壯！』

含香好憂愁。小燕子就伸手一拉她，嚷著說：

『不要煩惱了！天塌下來，讓我幫妳撐著！一切信任我們就成了！嗯，其實，最近我好開心，紫薇的病好了，蒙丹也順利混進宮，和妳見到面！我還把容嬤嬤嚇得半死，皇后也不敢來找我們麻煩了！真開心啊！來，含香，不要煩惱了！我們一定會心想事成的！今晚，讓我們先來慶祝一下！』

紫薇立刻說：

『我已經答應皇阿瑪，以後滴酒不沾！』

『這種「答應」，也就算了！妳那能滴酒不沾呢？等妳洞房花燭夜的時候，總要喝交杯酒吧？』小燕子說。

『怎麼拉扯上這個！』紫薇害羞的轉開了頭。

『不過，我不是想喝酒，今晚，我們來放焰火棒！』

『焰火棒？』

是的，焰火棒！

這晚，小燕子就點燃了好幾枝焰火棒，在漱芳齋的院子裡玩。這個焰火棒，顧名思義，就是點燃之後，可以用手拿著，像焰火般冒出火花的棒子。本來，宮闈重地，是嚴禁放炮這些事情的。就算有喜慶節日，必須放炮放焰火，也要由專人燃放，小心侍候，以免發生火災。

小燕子才不管這些忌諱，手持好幾枝『焰火棒』，在整個院子裡飛竄。忽上忽下，忽高忽低，到處飛舞。好像渾身的活力非要發洩不可，嘴裡大叫著：

『我是閃電，我是流星，我是焰火，我是螢火蟲！我會放光，我會發亮……我要飛到天上去！』說著，就飛到屋頂上去了。

院子門口，一個孩子伸了腦袋看進來，小臉上又是好奇，又是羨慕。那個孩子不是別人，正是皇后的獨子永琪，十二阿哥。這個十二阿哥，在皇宮裡是很寂寞的，皇后爲人尖銳嚴肅，嬪妃們大都不喜歡她，對她敢怒而不敢言。連帶對永琪也敬而遠之。宮裡，雖然阿哥格格很多，這個十二阿哥，卻被所有兄弟姐妹排斥著。

永琪在門口，看到小燕子在玩焰火棒，真是羨慕得不得了，看得津津有味，躍躍欲試，就是不敢進

去。

紫薇、爾康、含香、永琪、金瑣、明月、彩霞、小鄧子、小卓子全在院子裡，大家仰頭張望在屋頂的小燕子。爾康笑著喊：

『妳有沒有比較安靜的慶祝方法？』

小燕子舞著焰火棒，在屋頂上跳，跳得危危險險的，還要對下面喊話：

『好看不好看？你們看得到嗎？像不像屋頂上有火星在跳舞？我還可以拿著焰火翻觔斗……』就在屋頂上翻起觔斗來。

永琪再也忍不住了，跑進院子，抬頭看著，看得目瞪口呆。拍手嚷道：

『好好看啊！小燕子姐姐好厲害！』

大家看到永琪，不由得全部一怔。永琪就詫異的說：

『十二阿哥！你怎麼來了？奶娘呢？』

宮裡的阿哥格格，在十二歲以前，都有奶娘照顧，這些奶娘，有的跟著主子一輩子，成爲宮裡作威作福的嬤嬤。

『我看到有火花，就溜了過來，奶娘不知道我在這兒！』永琪說著，抬頭看小燕子，看得目不轉睛了。

小燕子幾個觔斗一翻，就站不穩了，在屋頂搖搖晃晃。永琪看得心驚膽戰，大叫：

『妳趕快下來好不好?不要翻觔斗了!看起來好危險!』

『下來!下來!不要胡鬧了!到院子裡來玩,不要上屋頂!』大家也紛紛喊。

小燕子好脾氣的應道:

『是!小燕子來也!』

小燕子就直飛而下,焰火棒閃著火花,跟著她直飛而下。

這時,在御花園裡,太后正帶著晴兒、宮女們散步,忽然看到屋頂上火星翻滾,接著,火星從天空飛下。太后大驚:

『那是什麼?難道是我眼睛花了?怎麼有火花在到處亂跳?』

『我也看到了!落到漱芳齋去了!』晴兒說,驚訝極了。

『咱們看看去!』太后帶著晴兒就向漱芳齋走。

小燕子等人,完全不知道太后即將來到。小燕子發給每人幾枝焰火棒。說:

『這個焰火棒,可是柳青從宮外給我找來的,好玩得不得了!我們大家來練一個「焰火舞」好不好?過年的時候,可以表演給皇阿瑪看!來呀來呀!』她發著發著,發到永琪,不禁一怔:『十二阿哥,你怎麼在這兒?你額娘知道你在這兒嗎?』

永琪搖搖頭,兩眼發光的,渴望的看著那焰火棒。

小燕子心裡,掠過一陣天人交戰。哼!皇后的兒子!休想跟咱們一起玩!她眉頭才一皺,紫薇已經

看穿她的心思了，立刻走過來，看看小燕子，再溫柔的看著永瑆，笑著說：

『來，小燕子，給十二阿哥一根！不要小器，大家都是一家人！』

小燕子本能的往後一退，但是，永瑆整個臉孔都發亮了，簡直受寵若驚了。

『我可以一起玩嗎？』他怯怯的問。

『你當然可以，爲什麼不可以呢？』紫薇就看著小燕子說：『永瑆才九歲，和我們沒有過節，也沒有仇恨，讓他一起玩吧！』

小燕子挑挑眉毛，豪氣的一摔頭，給了永瑆一根，笑著說：

『本姑娘今晚心情太好，紫薇姐姐怎麼說，我就怎麼做！』

永瑆拿著焰火棒，小卓子幫他點燃了，他興奮得不得了。跟著小燕子，滿院子追追跑跑。小燕子像個大孩子，永瑆是個小孩子，轉眼間，大孩子和小孩子就玩成了一塊兒，笑成一團。

爾康看著這樣的小燕子和永琪，不勝感動。對永琪說：

『能夠這樣不記仇，善待十二阿哥，整個皇宮，大概也只有紫薇和小燕子了！她們兩個，真有一顆黃金一樣的心！』

永琪拚命點頭。旁觀的含香被引出興趣來了。

『真的！我們可以練一個「焰火舞」！』

含香說著，拿著幾枝焰火棒，試著跳舞。含香的舞蹈，本來就訓練有素，幾個美妙的旋轉，裙襬翻

飛，燦爛的火花，圍繞著她，如花雨般洒下，真是好看極了。小燕子一看，就興奮的大叫：

『我也要跳！來呀！紫薇、金瑣、明月、彩霞，不要站著不動，全體來跳「焰火舞」！』就跟著含香旋轉起來。

『我也忍不住了！跳吧！明月、彩霞，都來呀！』金瑣笑著喊。

快樂是有傳染性的，金瑣一喊，大家全都忍耐不住了。於是，紫薇、金瑣、明月、彩霞、含香全體跳起「焰火舞」來。一時之間，但見幾個姑娘衣袂翩翩，迎風起舞。焰火繚繞著她們，閃閃爍爍，光環飛舞，燦爛奪目。

爾康、永琪、小鄧子、小卓子、永瑆都看呆了。

爾康看得目不轉睛，對永琪說：

『五阿哥，我真的不敢相信，在不久以前，我以爲紫薇活不下去了，一心只想跟她「共存亡」！可是，此時此刻，我聽到她在笑，看到她在跳舞，還看到這麼多的光環圍繞著她，好像那些焰火，就是「生命力」的閃光，那麼燦爛！我太感動了！』

『我也是，我常常想著我們和小燕子認識以前的生活，幾乎不相信那時是怎麼過的？每天上書房，練功夫，每年最刺激的事就是和皇阿瑪去狩獵！現在，天天都是多采多姿的！就是太刺激了一點！「驚心動魄」、「膽戰心驚」這種成語已經不夠用了！』永琪對爾康的話，真是心有戚戚焉。

這時，小燕子奔過來，對永琪爾康抗議的喊：

『你們是怎麼一回事?這個焰火棒，不動不好玩，一定要動才好玩!你們不要聊天了!大家起勁一點嘛!』小燕子說著，就用焰火去燒永琪的辮子:『你再不動，我燒了你的頭髮!』

『那有這樣頑皮的?』永琪又笑又躲:『妳敢!妳的頭髮可比我多，要不要試試看?』他點燃一枝焰火棒，拔腳去追她。

小燕子笑著逃走，永琪笑著追趕。

小鄧子和小卓子的興趣都引起來了。

『好像很好玩!』小鄧子就去燒小卓子的辮子:『如果辮子著了火，不知道會怎麼樣?』

誰知，小卓子的辮子，真的燒著了。小卓子大叫:

『哎喲!我的媽呀!』他把辮子撈到前面，撲滅了火，追著小鄧子喊:『你燒我!我也要燒你!燒著了你就知道會怎樣了。』

小鄧子拔腳就逃。小卓子就追，二人笑著追追跑跑。

永琪看得哈哈大笑，快樂得不得了。跟著大家奔跑。大家不斷的換新的焰火棒，玩得不亦樂乎。滿院子的人，舞著焰火棒，跳舞的跳舞，追跑的追跑，簡直是一個奇景。就在這時，太監的通報驟然傳來:

『老佛爺駕到!晴格格到!』

所有的人都嚇了一大跳，還來不及反應，太后和晴兒已經走了進來。

小燕子一個煞不住車，就連帶焰火棒，直撞到太后身上。太后大叫一聲『哎喲』，摔下地。紫薇、明月、彩霞、小鄧子、小卓子……趕緊奔過來，要攙扶太后，彼此又撞得東倒西歪。晴兒和宮女早已扶起太后。

太后倉卒站穩，卻驚見自己的背心冒煙了。太后大驚，摔著雙手：

『火！火！火……』她滿院子轉，只見到處煙霧騰騰，不知道該往那兒逃才好。

爾康急忙脫下自己的背心，去撲打太后的衣服。太后驚慌失措，喊：

『救命……救命……火……火……』

小鄧子一急，看到院子裡有一桶澆花的水，拿起來就對著太后一澆。

太后還沒從身上著火的恐懼中甦醒，突然又被淋了一身的水，驚得魂飛魄散。晴兒急忙撲上來，合身抱住太后。太后腳下一滑，連晴兒一起摔倒在地。

場面一團混亂，大家慌得手足無措。

晴兒就拚命撲打太后的衣服，把火苗撲滅了。紫薇和小燕子慌忙扶起她們。晴兒一疊連聲喊著：

『沒事了！沒事了！老佛爺不要驚慌，還好衣服穿得厚！』她低頭檢查：『有沒有燙著？有沒有受傷？』

太后已經面無人色，臉上又是水又是汗，好生狼狽。她又是驚嚇，又是生氣，簌簌發抖的說：

『這……這……這……是怎麼回事？是怎麼回事？』

大家也嚇得面無人色，早就熄滅了焰火棒。

小鄧子、小卓子、明月、彩霞、金瑣這才慌忙跪下。喊：

『奴才給老佛爺請安！老佛爺千歲千千歲！』

紫薇、爾康、永琪、小燕子也趕緊請安：

『老佛爺吉祥！』

太后眼睛發直，驚魂未定，看到衣服上又是水又是煙，身子兀自發抖。

『別說「吉祥」了！別說「千歲千千歲」了！沒給你們燒死，算我命大！這個漱芳齋，簡直跟我犯剋！』

太后說完，轉身顫巍巍就走。晴兒也驚魂未定，給了爾康等人一個不敢相信的眼光，急忙攙扶著太后，匆匆的去了。

這時，永璂的奶娘也氣急敗壞的奔來，看到永璂，拉著就跑：

『我的小主子，你那裡不好去？居然跑到漱芳齋來！你要害死奴才是不是？』

說著，不由分說的把永璂拉走了。

漱芳齋的大夥，大家面面相覷，好半天都沒人說話。

然後，永琪才對爾康低低說道：

『我就說……刺激吧？時時刻刻，你不知道下面會發生什麼事？這一下，我們說不定又要「樂極生

悲」了！』

是的，樂極生悲！這『焰火棒』的『後遺症』，馬上就發作了。

當晚，太后就對乾隆激動的說：

「皇帝，你馬上把那兩個格格貶爲平民，送出宮去！」

『那怎麼行？她們又做錯什麼了？』乾隆驚問。

『不是做錯了什麼，是從來没有做對過！』太后大聲說。

『到底怎麼回事？她們其實有她們的可愛呀！皇額娘試著跟她們多接近一下看看……』

乾隆話没說完，太后就怒沖沖的打斷：

『多接近我就没命了！』她正視乾隆，嚴重的說：『我不管你多麼喜歡小燕子和紫薇，我就是不喜歡她們！身爲格格，一點格格的樣子都没有！在皇宮裡面，居然弄些會著火的東西在那兒玩，差點把我燒死！這樣没輕没重，怎麼能當王妃？雖然她們没有做布娃娃害人，但是，她們花樣多得不得了，一會兒在房裡驅鬼，嚇唬容嬤嬤，一會兒又帶著火苗到處跑……我看，她們絕對是這個皇宮裡的禍害！』

「火苗？怎麼有火苗？』乾隆頭痛的問。

「啓稟皇上，是焰火棒！』晴兒說。

『焰火棒？她們居然在皇宮裡玩焰火棒？一定是小燕子耐不住寂寞，搞出來的新花樣！皇額娘別生

氣，朕一定好好的教訓她！』

『教訓也沒有用！她是教訓不好的！我請皇帝來這兒，就是要告訴你一聲，我已經決定了！為了永琪好，為了我們子孫的血統，我絕對不能讓永琪娶小燕子！皇帝，你不能廢掉這兩個格格，也得馬上取消五阿哥和小燕子的指婚！』

『皇額娘！茲事體大！』

『我不管「體大」還是「體小」，我就是不能容忍小燕子！這樣沒教養的姑娘，實在配不上永琪！你一直跟我說，她會改好，她會進步！可是，我看，她是越來越糟！瘋瘋癲癲，沒有半點規矩！又是個漢人，怎麼可能當王妃？』她正視著乾隆，傷感起來：『我上次刑求了紫薇，你跟我發了一頓脾氣，不知道我這個太后，現在是不是一點說話的份量都沒有了？』

乾隆是個很孝順的皇帝，對太后一直很尊敬。宮中的事，只要太后有意見，乾隆幾乎是言聽計從的。現在聽了這話，就又驚又急，惶恐的說道：

『皇額娘怎麼這樣說呢？這樣說，朕就罪該萬死了！上次，朕也沒有發脾氣，只是希望宮裡沒有暴力而已。』他背負著手，繞室徘徊，想到要拆散永琪和小燕子，實在不忍。但是，又不能違背太后的命令，心裡真是為難極了。半晌，才站定了，看著太后，婉轉的說：『皇額娘的意思，朕明白了！但是，永琪和小燕子，彼此都有了感情，現在拆散他們，實在是件很殘忍的事！這樣吧，我為小燕子向皇額娘求求情，再給她一次機會，看看她能不能改好，能不能進步！我們以三個月為期，如果她還是沒有進

步，或是再犯一次規，朕就取消指婚！怎樣？』

太后看著乾隆，氣呼呼的說：

『皇帝親口說的！君無戲言。就再給她三個月！』

第二天，乾隆在御書房裡，召見了永琪和爾康。永琪一聽，就大驚失色了。

『皇阿瑪！三個月是什麼意思？怎麼可能用三個月的時間，把一個人轉變呢？小燕子的個性，皇阿瑪比誰都瞭解！她是江山易改本性難移。要她不闖禍，實在不容易。何況，老佛爺所謂的「闖禍」，都是她最率真的表現！』

爾康也急忙上前，幫著永琪說話：

『皇上！你一定要跟老佛爺解釋，小燕子一點惡意都沒有！玩焰火棒完全是因爲紫薇復元了，她心裡高興的緣故。燒了老佛爺的衣服，那是一個意外呀！』

『小燕子的「意外」，未免也太多了！朕已經盡力而爲了！你們也知道老佛爺，以前德珮格格和兆祥的婚事，她不喜歡，朕最後還是依了她！老佛爺是朕的親娘，朕一定要尊重她的看法！』

『皇阿瑪！』永琪急壞了：『這事你一定要爲我作主！如果取消指婚，小燕子一定會崩潰，我也會崩潰的！』

『你的心意，我還有不知道的嗎？』乾隆無奈的說：『但是，小燕子也實在不爭氣，怎麼還是那個

樣子？說話顛顛倒倒，做事毛毛躁躁，難道，你就一點辦法都沒有嗎？好在，還有三個月，你就爭取這三個月，讓小燕子改善，讓她贏得老佛爺的心吧！』

『只怕老佛爺已經有了成見，再也不會接受小燕子了！』

『那倒未必！』乾隆深深的看永琪：『事在人爲！是不是？』

永琪沒轍了，心煩意亂。乾隆也心煩意亂，又轉向了爾康，說：

『爾康，你阿瑪今天進宮，特地來向朕提出要求，希望讓你和紫薇完婚！』

爾康一震，眼睛發光了，充滿希望的問：

『皇上答應了嗎？』

『朕很想答應，尤其紫薇大病以後，朕覺得宮裡處處危機，把她嫁到你家去，說不定可以解除她的危險！可是，老佛爺對你們這兩門婚事，都有意見，朕正在極力和老佛爺溝通！暫時，恐怕還不能讓你們如願。』

爾康真是失望透頂，話都說不出來了。

乾隆嘆了口氣，再說：

『老佛爺早已把小燕子和紫薇，看成一體，不能分割！她不喜歡小燕子，也不喜歡紫薇！好在，她還沒有因爲小燕子和紫薇，遷怒到你們身上，在她心目裡，你們是完美的，她們卻不夠完美！大概，這也是所有長輩的心態吧！她一天到晚，就在動腦筋給你們兩個重新指婚！所以，你們兩個都小心一點，

讓紫薇和小燕子提高警覺，在老佛爺面前好好的表現一下，也監督著漱芳齋，不要再做出任何驚人之舉來！否則，朕也無能爲力了！』

爾康和永琪大震，心亂如麻了。

23

爾康和永琪，簡直成了『難兄難弟』，兩人再也沒有料到，自從太后回宮，情況會弄得這麼惡劣。他們自己著急還不說，還要顧全紫薇和小燕子的自尊，許多事，只能藏在心裡，還不敢讓她們兩個知道。小燕子是個衝動的個性，受不得半點氣。紫薇又是個敏感的人，非常容易傷心。所以，兩人就彼此警告，要想辦法扭轉局面，更要防備兩個姑娘知道真相。兩人真是負擔沈重，愁腸百結。

永琪決定還是先給小燕子上課，從改變她的說話開始。三個月！天知道三個月能做什麼？爾康無技可施，只能祈禱真情能動天地。這天，兩人來到漱芳齋，永琪把一本《成語大全》往小燕子面前一放。故作輕鬆的喊：

『來來來！小燕子，好久沒有唸成語了，我們來複習一下！』

小燕子像彈簧一樣的跳了起來。嚷：

『幹嘛？幹嘛？我才不要唸那個東西！煩死了！學了那個，對我一點好處都沒有，我到院子裡練劍

去，師父教我的劍法，我還沒有學會！』

小燕子說著，拿起長劍，往院子就跑。永琪一把拉住了她，賠笑的說：

『不學成語，唸唐詩也成！上次那首「春眠不覺曉」總背出來了吧！』

『那有什麼難？』小燕子揚著眉毛說：『春眠不覺曉，處處聞啼鳥，夜來風雨聲，花落知多少！』

爾康、紫薇、永琪全部鼓掌，給小燕子打氣。

小燕子得意起來，開始誇口了：

『背這個其實是很簡單的！像唱歌一樣！』

『那麼，』永琪說：『上次教妳的那首「前不見古人，後不見來者」背出來了沒有？』

小燕子一呆：

『「前不見古人，後不見來者」啊？』

『是呀是呀！就是陳子昂那首詩！』

『陳子昂……陳子昂……』小燕子嘰咕著說：『陳子昂這個人很奇怪耶！』

『怎麼奇怪？』永琪怔了怔。

『前面看不到人，後面也看不到人，這個地方一定很荒涼，不好玩，他趕快走掉就好了，作什麼詩？』

『別發謬論了！再記一遍！』永琪就唸：『前不見古人，後不見來者，念天地之悠悠，獨愴然而涕

下！』

小燕子眼睛一亮，想起來了，就恍然大悟的喊著：

『啊！就是那個「愛哭鬼」啊！我想起來了！「涕下」就是眼淚鼻涕通通流下來！「來者」指的是未來的人！這個陳子昂是個神經病！腦筋一定有問題，前面看不到「古人」，後面看不到「來者」，他就哭得唏哩嘩啦，簡直莫名其妙！這些作詩的人，都是閒得無聊，才寫這些不通的話！我就不懂，誰看得到「古人」？誰看得到「來者」？如果看不到就要哭哭啼啼，那麼，不是全世界的人都要大哭特哭了嗎？』

大家聽了小燕子的大論，不禁面面相覷。爾康笑了，說：

『我不得不承認，小燕子的話，還有幾分道理！』

『再說，』小燕子越說越有勁：『那首「春眠不覺曉，處處聞啼鳥，夜來風雨聲，花落知多少！」也有問題！』

『怎麼也有問題？』紫薇問。

『早上不知道天亮，到處「聽到」鳥叫，晚上「聽到」下雨，「不知道」花瓣落了多少！你們想想，這個人是不是「瞎子」？他全用聽的，不用看的！而且，還有點呆，有點麻木！天亮都不知道！白痴！』

大家又傻住了。小燕子就往門外跑，預備出去練劍了。

永琪趕緊把小燕子一攔，委婉的說：

『不管妳有多少理由，這個唐詩，是人人都會的東西，妳還是要唸！』笑著，求著：『就算爲我唸，好不好？』

『你陪我練劍好不好？』小燕子看著永琪。

『妳背一首唐詩，我就陪妳練劍！』

小燕子不高興起來：

『不管是「糖詩」還是「鹽詩」，我都沒有興趣！那個苦差事，我不要做！』

永琪忍耐的，壓抑的說：

『有些事，不是我們「有興趣」還是「沒興趣」的問題，是我們必須要做的問題！妳把它當一種責任吧！』

小燕子瞪著永琪，忽然生氣了。跺著腳喊：

『什麼「責任」？我爲什麼會有這個「責任」？你是怎麼回事，一直纏著我背詩唸成語？你是不是嫌我學問不好，配不上你？我跟你說，我就是背了一大堆成語唐詩，我還是小燕子，變不成鳳凰的！我不喜歡背那些唐詩，唸那些成語！如果你一天到晚逼我唸那些東西，我會討厭你的！』

永琪本來情緒就很壞，在那兒拚命按捺。這時，他就再也沈不住氣了。聲音也大了起來：

『妳根本沒有爲我的處境想！根本就不把我放在心裡！妳一天到晚就想著怎麼玩，怎麼瘋，好像我

的義務就是陪妳玩，陪妳瘋！我這樣低聲下氣，求妳稍稍爲我改變一些，免得夜長夢多，妳就是不跟我合作！只要妳心裡有我，在乎我，稍微設身處地代我想一想，妳就該明白，我是阿哥，我有我的包袱，我的身份和背景！妳要走進我的生命，我的家庭，也該爲我付出一些吧！如果妳心裡只有自己，妳的愛，未免太自私了！』

永琪這樣一吼，小燕子就爆炸了：

『你說些什麼，我根本聽不懂！反正一句話，你嫌我沒學問就對了！我知道你是阿哥，我知道你的身份高，我的身份低！你不用一直提醒我！你是阿哥有什麼了不起？我從來沒有賴住你，沒有招惹你，嫌我，你就休了我！反正又沒有結婚！』她越說越氣，怒不可遏：『你嫌我！你還敢嫌我……我才嫌你呢！你的「皇額娘」一天到晚想整死我，你的「老佛爺」一天到晚把我關起來，這樣的家庭，我根本看不上！我根本不希罕！』

爾康一個箭步，跳到兩人中間，去推永琪，說：

『五阿哥！你怎麼了？小燕子的脾氣，你最清楚了！你有話好好說，幹嘛用吼的？已經內憂外患一大堆了，自己還不團結起來？』

紫薇也把小燕子拉到一邊去，急急的說：

『怎麼了？怎麼了？五阿哥要妳背詩唸成語，完全是爲了妳好，妳不體諒他，還跟他吵架，妳不是太過份了嗎？想想五阿哥對妳的好吧！』

永琪氣沖沖的回頭叫：

『對她好，她怎麼會知道？她根本沒有感覺！有感覺她就不是這個樣子，有感覺她就會爲我想……』

小燕子氣壞了，掙開紫薇，衝到永琪面前去。大吼：

『我沒感覺，我是白痴！可以了吧？你以爲我不難過，是不是？每天弄些我記不住的東西來刁難我……我就是記不住嘛……』說著，一陣委屈，眼淚滴滴答答往下掉：『如果跟你在一起，你就要把我變成另外一個人，要我「一張嘴就吐出文章來」，那你就跟吐得出文章的人在一起好了，爲什麼要找我？我看晴兒跟你配得很，你娶晴兒吧！』

永琪更怒：

『妳莫名其妙！』

小燕子跳腳喊：

『你才莫名其妙！你一千個莫名其妙！一萬個莫名其妙！』

爾康和紫薇急壞了，拚命拉架。爾康拉著永琪說：

『五阿哥！你在氣頭上，就少說兩句！現在說什麼都錯！』

紫薇哄著小燕子：

『不要哭，不要哭，妳一哭，五阿哥也很難過呀！平常妳有個小病小痛，五阿哥都急得不得了，把

妳弄哭了，他也會跟著痛苦的！』

『他痛苦？』小燕子哭著喊：『他的痛苦就是不知道怎樣來擺脱我！』

永琪一聽，氣得往門外就走。心灰意冷的説：

『算了算了！算是白白認識一場！爲這樣一個女子付出，我才是白痴！』

小燕子一聽，心都碎了。大喊：

『是！你是白痴！你是呆子！你是傻瓜……所以你才會看上我！你走！你走！你再也不要來找我！』

小燕子喊完，把手裡的長劍摔在地上，返身衝進臥室裡去了。

永琪也一怒出門去，砰然一聲摜上房門。

紫薇和爾康對看，兩人都是一臉的著急，然後，紫薇追著小燕子進了臥室，爾康也追著永琪而去。

到了景陽宮，爾康就開始數落永琪：

『上次我和紫薇鬧彆扭，你有一大堆的理由來勸我，説得頭頭是道！怎麼發生在自己身上的時候，就完全亂了！不管你心裡多著急，有些話，你實在不該説！』

『什麼話我不該説？』永琪摔著袖子，吼著：『我已經壓抑好久了，老早就想説了！你看她那個樣子，那裡想學功課？上次幾句成語，她就有本領唸得白字連篇！這次幾句唐詩，也不好好背，歪理倒有

一大堆！如果她心裡有我，她會這樣嗎？』

『坦白說，我很同情小燕子！我覺得，你冤枉她了！』

『我冤枉她什麼？』

『你要小燕子做學問，本來就是強人所難！小燕子的可愛，就在她的純樸。你喜歡她，也是喜歡她的本來面目。她說得對，如果你要「改造」她，何不乾脆另外選一個，那麼麻煩幹什麼？』

永琪一楞，煩躁的說：

『你明明知道，只有我喜歡她是不夠的！』

『這一點，對你是壓力，對她也是壓力！她已經因爲老佛爺的不喜歡，充滿了憤怒和挫敗感！你不但不安慰她，還弄了一堆功課給她做！她剛剛已經很坦白的說了，她就是記不住！你讓她在挫敗感之外，更加有挫敗感！因爲，你根本不要「小燕子」，你要一個「大家閨秀」！』

『我那有這個意思？』

『你表現出來的，就是這個意思！還說什麼「爲這樣一個女子付出，我是白痴！」你讓她怎麼想？你明明就在輕視她，就在「後悔」嘛！就嫌她是一個粗俗的，不學無術的女人嘛！你的口氣，和老佛爺又有什麼不同？』

『我不是這個意思！』永琪急了：『我怎麼可能嫌她粗俗，嫌她不學無術？她的天真和無邪，那麼珍貴，那麼動人，是什麼大家閨秀都比不上的！』

『哦？這句話她可沒聽到！她只聽到你對她大吼，你是阿哥！你有你的身份！她應該爲了你的身份去當個「出口成章」的準王妃！否則，就是她「沒感覺，莫名其妙」！』

『我那有這個意思？』永琪更急。

『我聽起來就是這個意思，不知道她聽起來是什麼意思？』

永琪滿屋子亂繞，心煩意亂，被爾康說得啞口無言。

爾康就建議的，試探的說：

『如果我是你，現在就飛奔到漱芳齋去負荊請罪！』

『什麼？』永琪大聲說：『負荊請罪？我才不去！就算我有錯，她也有錯！她爲什麼不跟我負荊請罪？男子漢大丈夫，那有那麼輕易就去請罪？』

爾康苦笑，一嘆：

『咱們雖然是「男子漢大丈夫」，但是，在她們「小女子」面前，實在驕傲不起來！你別弄得像我上次那樣，害得紫薇大醉，闖出一堆禍來！最後，後悔心痛的還是我！』

『我才不像你那麼沒出息！』永琪昂著頭。

『好好好！你有出息，我就不勸你了！你別後悔，以我的經驗，這種吵架是越拖越糟！』說著，就大大一嘆：『平常小燕子多麼要強，剛剛哭得唏哩嘩啦，這會兒，不知道怎麼樣了？你不去漱芳齋，我去了！』說完，掉頭去了。

永琪憤恨未消，氣沖沖的看著爾康離去，把自己重重的拋在椅子裡。

爾康勸不好永琪，紫薇也勸不好小燕子。兩個人這次嘔氣是嘔大了。儘管爾康和紫薇兩邊勸，兩個人誰也不低頭。

到了晚上，小燕子見永琪始終不出現，越想越氣，氣得晚飯也沒吃，一直在臥室裡走來走去，雙手捧著胃，因為，胃又開始作痛了。

夜深了，金瑣端著一盤熱騰騰的食物，走到小燕子身邊，笑著說：

『小燕子！不要生氣了，我給妳煮了好多妳愛吃的東西，還有一碗蓮子銀耳湯，喝了可以降火！來來來，氣壞了自己的身子犯不著！晚飯也沒吃，鐵定餓了！』

『我什麼都不要吃，餓死算了！』小燕子揮著手。

金瑣把食盤放在桌上，過去拉她：

『給我這個丫頭一點面子，好不好？特地去廚房給妳煮的！妳看，有妳最愛吃的水晶蒸餃，什錦包子，牛髓炒麵茶，香酥雞……快來吃，快來吃！』

小燕子跺著腳，暴跳如雷：

『不吃不吃！』她轉頭對著紫薇喊：『他有什麼了不起？動不動就用阿哥的身份來壓我！我倒了十八輩子楣，才會碰到一個阿哥！上次皇阿瑪打我一巴掌，我就跟他說過，真的愛我，帶我走！把這個阿

哥丟掉……他就不要！讓我待在皇宮裡受苦受難！他居然還要改造我，改造不成，就大發脾氣！他算那根蔥那根蒜？他根本就愛他那個「阿哥」的身份，遠遠的超過愛我！』

紫薇過去拉著她，拍著她的手說：

『妳這樣說，就太冤枉五阿哥了！想想他爲我們劫獄的事吧！那時候，大家不是都準備集體逃亡了嗎？他絕對不是貪圖富貴的人，爲了妳，他也犧牲了很多，自從老佛爺回來之後，他的壓力好大，老佛爺畢竟是他的親祖母呀！他不能不理，是不是？妳也要爲他的立場想一想呀！』

『他的立場，』小燕子更氣：『他只關心他的立場，有沒有關心過我的立場？他把我看得那麼扁，每一句話都在欺負我……我是那個那個……』想起來了：『士可殺不可辱！他要一個看不見古人就哭得唏哩嘩啦的姑娘，他就去找那個姑娘呀！打死我，我也變不成那種人！』

『他不是要妳變成那種姑娘，有那種姑娘，他逃得比誰都快！』紫薇陪笑的說：

『其實，他是好欣賞妳，好喜歡妳的……』

小燕子對紫薇叫道：

『妳不要幫他說話！妳再幫他說話，我連妳也不理！』

『好好好！我不幫他說話！』紫薇急忙說：『他莫名其妙，他不懂感情，不會憐香惜玉！我們不要理他！現在，妳先吃東西好不好？』

紫薇端起那碗蓮子銀耳湯，走過去：

『餓死才犯不著呢！來來來，給我一點面子！』把碗送到小燕子嘴邊去：『趕快趁熱喝了！』

『不吃！不吃！不吃……』

小燕子大叫，手一摔，嘩啦一聲，把一碗蓮子銀耳湯都摔到地上去了。

紫薇和金瑣也無可奈何了。

結果，第二天一早，小燕子就『離宮出走』了。

天剛破曉，小燕子穿著一身漢人的平民裝束，帶著一個小包袱，昂首闊步，抬頭挺胸的走到宮門前面。侍衛攔了過來，一看是小燕子，立即行禮。

『還珠格格吉祥！』

『快讓開！我要出去！』小燕子盛氣凌人的說。

『要出去？』侍衛好爲難，猶豫的看著她。

小燕子拍了拍手裡的包袱，大聲說：

『令妃娘娘要我把一樣東西，交給門外的一個人！我東西交了好交差！』

『門外有一個人？什麼人？』侍衛伸頭向外看。

小燕子立即飛身而起，聲勢不凡的喝道：

『我有皇上特許，隨時可以出宮去！令妃娘娘有事，要我立刻出宮去辦！誰要攔著我，就跟我去見

皇上！耽誤了我的事，包你們吃不了兜著走！快讓開！』

小燕子一面喊著，一面踢翻眼前一個侍衛，又踢倒另一個。

變生倉卒，兩個侍衛還來不及應變，小燕子已經奪門而去了。

小燕子飛跑了一段路，回頭看看那座巍峨的皇宮。帶著一種壯士斷腕的堅決和悲壯，昂著頭，毅然決然的說：

『皇宮、五阿哥、皇阿瑪、紫薇……我走了！我再也不回來了！』

小燕子就飛奔而去了。

明月一早去侍候小燕子起床，才發現小燕子不見了。棉被疊得整整齊齊，根本沒有動過。旗頭、旗裝、花盆底鞋，全部放在床上。枕頭上，還放著一封信。明月大驚，知道情況不妙，拿著信，飛快的來找紫薇，紫薇打開一看，只見信箋上畫著一隻燕子，飛出宮去。畫的下面，寫著一行歪七扭八的，斗大的字：『前不見古人，後不見來者，眼前不見的，是小燕子！』

紫薇的心，咚的一跳，握著信箋，大喊：

『小鄧子！小卓子！』

小鄧子、小卓子都急急的跑了進來。

『你們誰看到了小燕子？有沒有人看到她？』

小鄧子急急的說：

『我剛剛已經去神武門問過了，侍衛說，天還沒亮，格格穿著老百姓的衣服，說要幫令妃娘娘辦事，誰要攔她，她給誰好看！大家盤問了兩句，她就出手打人，乘大家一亂，她衝出門去了！現在，侍衛正要去稟告皇上呢！』

紫薇打了一個冷戰，急忙喊：

『小鄧子！你趕快去景陽宮，告訴五阿哥！小卓子，你趕快去朝房，告訴福大爺！讓他們先去神武門攔住侍衛，千萬不要驚動皇阿瑪！再來我這裡商量對策！』

『喳！』

片刻以後，永琪和爾康氣急敗壞的衝進門來。永琪一進門就喊：

『她留下什麼信？給我看看！』

紫薇把信箋遞給永琪。一面問：

『你們有沒有攔住侍衛？驚動皇上就不好了，萬一給老佛爺知道，小燕子又是一條大罪！最好神不知，鬼不覺，我們馬上把她找回來！』

『有有有！』爾康說：『我們已經跟侍衛說好了，他們把格格放走，自己也嚇得要命！聽說我們會處理，大家都鬆了一口氣！』就伸頭去看那張信箋，對永琪跌腳說：『唉！我就跟你說，這種事不能拖，你不聽！小燕子不是那種被動的，等你慢慢想的人，你還沒想通，她就行動了！現在好了吧？要怎

麼辦？』

永琪臉色蒼白，握著信箋，痛苦的說：

『什麼古人來者？居然去跟「古人」「來者」生氣！都是這個陳子昂神經病，害死了我！没事作什麼詩？』

永琪的口氣，儼然是小燕子，把罪名怪到陳子昂身上去了。爾康、紫薇聽了，啼笑皆非。爾康就看紫薇：

『妳怎麼不勸她？怎麼會放她走？』

『對不起，我真的疏忽了！』紫薇歉疚的說：『以爲她發發脾氣，氣消了就算了！誰知道她會一走了之！我應該有警覺才對！這次，她是真的傷心了！』她看著永琪，忍不住責備的說：『不是我說你，五阿哥，你實在没有顧慮小燕子的感覺。她一向都覺得自己很了不起，從來没有自卑過，你用這些成語詩詞，把她所有的自卑感都喚醒了！還對她那麼凶！』

永琪又是著急，又是後悔：

『我怎麼知道會弄成這樣？如果我知道，打死我，我也不會讓她唸什麼成語，背什麼詩！』他看看窗外，痛苦得一塌糊塗：『唉！不背就不背嘛！成語不會就算了嘛！要生氣，跟我吵架打架都可以，我一定會讓她的！怎麼一氣就走人呢？上次也是這樣，騎上馬背就跑得無影無蹤！這次不知道又去了那裡？』

金瑣急急的說：

「你們不要耽誤了，趕快去找她吧！我想，她也沒有別的地方可去，八成去了會賓樓！她和小姐一樣，整個北京城，只認識柳青柳紅，心裡有彆扭，一定找他們去訴苦，何況，那兒還有她的師父呢！」

「對！先去會賓樓找，一定沒錯！五阿哥，你再不負荆請罪，事情就鬧大了！解鈴還須繫鈴人，我們走吧！」爾康急忙說。

「我跟你們一起去！」紫薇喊。

「妳要出去，又很麻煩，今天不是可以出宮的日子！」

「如果我不去，我保證你們就是找到小燕子，她也不會回來！」

「對對對！紫薇，妳一定要去，那個小燕子，我拿她一點辦法都沒有！」永琪連忙接口，求救般的看著紫薇。

「那……就不要耽擱了！趕快，我們還是去求令妃娘娘吧！不要說小燕子跟五阿哥吵架出走了，就說紫薇想去看我額娘！」爾康一面說，一面回頭交代：「金瑣，妳留在宮裡，萬一皇上或者是老佛爺要找格格，就說去福大人家了！千萬不要洩露小燕子出走的事！」

「我知道！我會守在漱芳齋等消息！」

紫薇點頭，大家就急急的出門去。

半個時辰以後，大家到了會賓樓。柳青、柳紅、蒙丹一聽，都驚訝得一塌糊塗。

『小燕子出走了？不見了？怎麼會這樣？她根本沒有來找我們，自從上次表演驅鬼舞到現在，我們還沒見到過小燕子！』柳青說。

『你們怎麼知道她是出走了？小燕子喜歡開玩笑，說不定躲在什麼地方跟你們玩，宮裡是不是都找過了呢？』柳紅問。

永琪氣急敗壞，伸手就抓住柳青胸前的衣服，激動的嚷：

『柳青！我們是生死與共的朋友，你不要為了幫小燕子，就欺騙我們！我知道她沒有別的地方可去，她一定是來找你們了！就像上次紫薇出走，也是找你們一樣！快告訴我，你們把她藏到那裡去了？你們這樣不是幫她，是害她！』

柳青用力一掙，掙開了永琪。認真的說：

『我沒有騙你們，她真的沒有來！不信，你們問蒙丹！』

『她真的沒有來！』蒙丹坦率的看著大家，誠摯而擔憂的說：『她失蹤多久了？大家趕快想一想，她可能去了那裡？分頭去找吧！』

紫薇看著柳青柳紅和蒙丹，相信了，焦急的轉向永琪：

『我想，小燕子這次是吃了秤砣鐵了心，她不要我們找到她！她知道我們一定會來會賓樓，所以，她根本不來這兒，連柳青柳紅和師父，她都不要了！』

『這一下，情況真的不妙！』爾康急促的說：『她會一點功夫，也有謀生的能力，以前的生活方式，她還津津樂道。現在，她說不定已經離開了北京，天南地北，流浪去了！』

永琪跌腳，臉色慘白，眼神陰鬱，焦灼的說：

『她那一點「功夫」，怎麼算是「功夫」？每次打架，如果沒有人護著她，她是一定吃虧的！她又不知天高地厚，總以爲自己功夫好得不得了，常常惹是生非，這樣單獨一個人去流浪，會發生什麼事，根本不能預料！』他用手支著額頭，痛苦得不得了：『我怎麼會讓這件事發生呢？爲什麼要苛求她呢？』

大家看著永琪，又是同情，又是著急。爾康走上前去，握了握他的肩：

『不要急，我們人多，馬上分散開來，先把整個北京城找一遍再說！』

『對！我們一條街一條街的找！紫薇和爾康一組，我們每個人單獨一組，這樣，有五路人馬，一個時辰以內，就可以把北京跑遍了！』柳青積極的說。

『那麼，我們畫張地圖，大家分區行動吧！一個時辰以後，大家還在會賓樓聚齊！』柳紅更加積極。

爾康馬上磨墨，拿紙，提筆畫地圖。

永琪爾康他們，開始滿街找尋小燕子，他們誰也沒料到小燕子的去向和遭遇。

原來，小燕子離開皇宮以後，自己也不知道該到那兒去。背著包袱，在熙來攘往的人群中漫無目的的走著。心裡還在憤憤不平，一夜沒睡使她有些腦筋不清楚。但是，有一點，她是肯定的，她不要去會賓樓！

『紫薇和爾康一定會到會賓樓去找我，我絕對不能被他們找到！我要徹底失蹤，讓他們誰也找不到我！我再也不要回去了，我再也不做「還珠格格」了。從今天起，我恢復本來的我，我是小燕子，和還珠格格一點關係也沒有！我要去找工作，要去過自己的生活，可是，我要去那裡呢？』

小燕子東張西望，感覺到前所未有的孤獨和失落。她停在一個像是茶館的門口，看到很多人走進去。

她抬頭一看，看到一塊橫匾，上面寫著『翰軒棋社』。這『翰軒』兩個字，她一個也不認識，歪著頭看了半天：

『這是兩個什麼怪字？「幹車棋社」？好奇怪的名字！大概是「趕車棋社」！這個「趕車」跟「下棋」有什麼關係呢？』她狐疑的想著，突然眼睛一亮：『下棋？棋社？原來很多人在這兒下棋？反正我也沒地方去，看看去！』

小燕子就走進了棋社。發現裡面擺著很多桌子，很多棋客正在下棋喝茶。

小燕子看到這麼多人在下棋，就忘了自己的煩惱，興趣全來了，忍不住走近一桌，去看棋。

整個棋社中，一個女人也沒有，小燕子的出現，就引起了棋社老闆的注意，也引起其他棋客的竊竊

私語。小燕子才不管別人注意不注意，看著那桌棋，看得津津有味。下棋的是兩個老頭。下得很專心，小燕子看得也很專心，抓耳撓腮。

一個老頭走了一步棋，小燕子忍不住叫了起來：

『喂喂……不要走那裡，走這裡，這裡！』伸手去指，指到棋盤上去了。

兩個老頭都驚奇的抬頭看小燕子。

『怎麼來了一個姑娘家？』老頭就對小燕子皺皺眉頭：『不要說話！』

兩個老頭繼續下，小燕子又忍不住喊了起來：

『錯了！錯了，應該先管上面那塊棋！該走這裡！這裡！』又指到棋盤上。

那個老頭臉孔一板，嚴肅的說：

『觀棋不語……』

『我知道觀棋不語是「真君子」，我就是做不到！』小燕子打斷了他。

這時，一個四十來歲，眼神凌厲的男子，走了過來，手裡玩著一把摺扇。上上下下打量小燕子：

『這位姑娘，妳是誰？我是這家棋社的老闆，我姓杜！請問，妳到我們棋社來幹什麼？這兒不招待女客！』

『不招待女客？』小燕子挑起眉毛：『那有這個道理？你們棋社開著大門，不是隨便誰都可以進來下棋嗎？』

『是！』

『那我是進來下棋的！怎麼可以不招待？』

杜老闆又驚又好笑：

『妳來下棋？妳知不知道下棋要付茶錢，棋錢？妳有錢嗎？』

『多少錢一杯茶？』

『一弔錢。』

『多少錢一盤棋？』

『也是一弔錢。』

小燕子掏出一塊碎銀子，『啪』的一聲往桌上一放：

『這塊碎銀子，總有好幾弔錢了吧？夠不夠付茶錢棋錢？』

小燕子出手豪闊，杜老闆一驚。慌忙正視她：

『夠夠夠！那妳要跟誰下棋？』

小燕子東張西望，再望向杜老闆。

『我就跟你下！』

『跟我下？』杜老闆暗笑：『我的棋藝太好，妳還是選別人吧！』指著一個其貌不揚的小孩子：

『那是我的徒弟，妳跟他下吧！』

小燕子大怒，覺得簡直被侮辱了。大聲說：

『我就要跟你下！』

『跟我下要賭彩！我不下没彩的棋！』

『賭彩？好啊！』小燕子叫：『好久没有痛痛快快的賭一場了！賭就賭！怎麼賭？』

杜老闆眼中閃著陰鷙的光，很有興味的看著小燕子：

『當然是妳贏了我輸錢給妳！我贏了妳要輸錢給我！』

『賭多少？』

杜老闆掂掂手裡的銀錠子：

『就賭妳這塊碎銀子！』

『好！』小燕子豪氣的一摔頭。

杜老闆就喊道：

『小二！泡壺好茶來！』手一伸：『姑娘，請！』

小燕子昂著頭，很神氣的走了進去。兩人落坐，許多人都圍過來旁觀，大家議論紛紛，嘖嘖稱奇。茶水上桌，杜老闆謙虛的拿了黑子。

兩人開始下棋。幾顆子以後，杜老闆已經暗笑了。

『姑娘怎麼稱呼？』

『小燕子！』小燕子頭也不抬的說，發現自己的棋下錯了：『噯噯噯……你怎麼設了一個陷阱給我？我不走這顆了……』想把自己的棋子拿起來：『我要重走！』

杜老闆手中的摺扇迅速的伸過去一擋，小燕子好像觸電一樣，趕緊把手收回。

杜老闆皮笑肉不笑的說：

『賭彩的棋，是舉手無悔的！』

小燕子奇怪的看看杜老闆。心想，這個人有點古怪，天氣這麼冷，手裡拿一把摺扇，打到皮膚上好痛，難道他還會功夫不成？

小燕子沒時間研究了，注意力被棋吸引了。原來，杜老闆已經輕輕鬆鬆的吃掉她好大的一塊棋。小燕子叫了起來：

『哎哎哎……你怎麼乘我不注意，把我這塊棋全都吃了，這樣，就不好玩了！』

杜老闆一笑：『承讓了！這棋……妳是中押敗了！』

『我輸了？』小燕子看看幾乎片甲不留的棋盤，輸得冒汗：『來來來！我們再來一盤！』

『再來一盤？彩金先放著！』

小燕子從包袱裡摸出一個銀錠子，又是『啪』的一聲放在桌上。不服氣的說：

『杜老闆好棋力！連贏我三盤，這個銀錠子輸給你！』

『好！』杜老闆更有興味了，接口：『三盤裡，只要姑娘贏一盤，我輸妳一錠銀錠子！』也掏出一

個銀錠子，放在桌上。

「一言為定！」

圍觀的人，見所未見，都『啊』的驚呼出聲。更是議論紛紛。

小燕子和杜老闆又下起棋來。沒有幾步，小燕子又輸了。她那兒服氣，再下，又輸了，輸得臉紅脖子粗。跟著下第三盤，轉眼就一敗塗地。杜老闆一抱拳：

「姑娘，承讓了！」說著，就把銀錠子納入懷中。

「再來再來！」小燕子直冒汗，輸得把背心也脫了。再拿出一錠銀子。

兩人繼續下，小燕子輸了一盤又一盤。

「姑娘！承讓了！」杜老闆大笑，又把銀錠子納入懷中。

小燕子已經輸得毛焦火辣。越輸越不服氣，嚷著：

「來來來！再來一盤！我們賭大一點……」

「對不起，不能奉陪了！」杜老闆從容的起身。

小燕子一攔。

「那怎麼成？贏了就跑？再來再來！」

「再來？賭多大？」杜老闆問。

「一錠銀子一盤，怎麼樣？」

小燕子一面喊著，一面伸手去拿包袱，誰知竟然拿了一個空。她大驚，站起身子一看，自己的包袱早已不翼而飛。小燕子大叫：

『我的包袱呢？誰拿了我的包袱？』

圍觀衆人面面相覷，個個搖頭。杜老闆不慌不忙的說：

『包袱丟了？妳怎麼不小心一點？這個公共場合，就是要注意自己的財物！妳看，咱們牆上還貼著警告：「小心扒手」！』

小燕子輸棋已經輸得火大，現在包袱也丟了，氣更往腦子裡衝。對杜老闆一凶：

『東西在你店裡丟的，你要負責！你這是什麼店？黑店嗎？我看你就有問題，趕快把我的包袱交出來！』

杜老闆立刻翻臉了。『砰』的一聲，拍著桌子跳起來，大罵：

『姑娘嘴裡乾淨一點！這北京城，還沒有人敢說我杜大爺開黑店！妳是那兒來的丫頭？妳不打聽打聽我是誰？居然敢在太歲頭上動土！識相一點，回家再去拿錢，拿了錢再來賭！』

杜老闆一面說著，手裡摺扇一挑，就把小燕子放在桌面上的背心挑到她臉上，無巧不巧蒙住了她的臉。杜老闆就中氣十足的大喊：

『小二！送客！』

小燕子那裡受過這樣的氣，何況，自己也正一肚子氣沒地方出，頓時發作了。她一把拉下臉上的背心，嘴裡『哇……』的一聲大叫，一腳就踢翻了面前的桌子。

茶壺飛了出去，茶杯落地打碎，棋子像雨點般四落。

大家驚叫著，閃的閃，躲的躲。

小燕子一不作二不休，一腳又踹翻了另一桌。

『你這家賊店，敢偷姑奶奶的東西，簡直不要命了！你才沒有打聽打聽，我小燕子是誰？』她一邊嚷嚷，一邊踹桌子，一時之間，棋盤棋子，茶壺茶杯，杯杯盤盤，全部翻的翻，倒的倒。

杜老闆大怒，揮著摺扇就飛竄過來抓她。小燕子喊：

『原來會武功！會武功就欺負人，簡直不要臉！來抓我呀！來抓我呀！』

小燕子嘴裡喊著，開始在整個棋社裡飛竄，所到之處，把所有桌椅，全部踢翻。

客人奔的奔，逃的逃，有的被茶水燙到，哎喲叫不停，有的撞成一堆，跌倒在地。整個棋社，天翻地覆。杜老闆氣得鼻子裡冒煙，飛撲過來，和小燕子大打出手。

這時，早有幾個打手，圍了過來。小燕子和杜老闆一交手，才知道自己不是對手，但是，已經豁出去了，勢如拚命，亂打一氣。杜老闆手裡的摺扇，打上了她的肩，她感到一陣劇痛，大叫『哎喲』。心想：『打不過了！好女不吃眼前虧，七十二計，逃爲上計！』

小燕子對著門外竄去，誰知，幾個打手一攔，她好像撞在銅牆鐵壁上，跌倒在地。她跳起身子，還想再跑。

杜老闆的摺扇，如影隨形，對著她的頭頂一敲。

小燕子眼前一黑，就暈過去了。

24

一桶冰冷的水，對著小燕子當頭淋下。

小燕子驚醒過來。她睜眼一看，杜老闆陰森森的站在面前。還有一個滿臉橫肉的老闆娘，正不懷好意的看著她。她想跳起身，才發現自己被綁得結結實實，丟在牆角，動也動不了。她四面一看，這是一間廚房，有著大大的灶和鍋，房裡還有幾個工人，在燒火洗菜做著工作，卻對她視而不見，似乎對這種情況，早已司空見慣。

小燕子掙扎了一下，掙扎不開，立即破口大罵：

『什麼東西，居然敢綁我？你們通通不要命了！你們知道我是誰？』

杜老闆慢條斯理的回答：

『我們知道，妳說過了，妳是小燕子！』

『我告訴你，我小燕子是……』小燕子本想把『還珠格格』的身份抬出來，才開口就嚥住了，心

想：『我這麼丟臉，包袱給人偷了，錢也輸掉了，還被人綁在廚房裡，千萬不能讓人知道我是還珠格格！』她想著，轉動眼珠，苦思脱身之計：『杜老闆！你把我綁在這裡，預備要怎麼辦？送官府嗎？』

『小事一件，何必麻煩官府呢？妳砸了我的店，嚇壞了我的客人，破壞了我的生意，我現在要在妳身上討回來！』

那個老闆娘就用油膩膩的手，去摸小燕子的臉龐。說：

『我說，這張臉蛋長得還不錯，我們把她賣到妓院去，大概可以賣幾個錢，貼補我們的損失！叫小二把「杏花樓」的張老闆請來吧！』說著，她的那個手，就摸到小燕子嘴巴旁邊來了，小燕子那裡和她客氣，張開嘴，一口就咬住她的手。

老闆娘大驚，摔著手大跳特跳。

『這個臭丫頭！』她一腳踹在小燕子的胸口。

小燕子痛得哎喲哎喲叫。

杜老闆陰沈沈的看著她，很感興趣的樣子：

『我勸妳省省力氣，不要撒潑了！免得皮肉受苦！』

小燕子吸了口氣：

『杜老闆，你這樣綁著我，一點好處都沒有，賣到妓院，是給你自己找麻煩！你想，我怎麼會聽話呢？到時候，我把妓院也打得落花流水，我就說，是你派我去砸掉那個什麼樓！那麼，你跟妓院的這筆

帳，就算不清了！』

『嗯，說得也是！那麼，妳有什麼提議？』杜老闆瞪著她。

『你放了我，我回家去拿銀子，該賠你多少錢，我賠你就是了！』

『妳家住在那裡？那條街？那條巷？』

小燕子楞住了，總不能把『皇宮』說出來吧！

『我住的地方，不能跟你說，會嚇死你！』

『哦？妳嚇嚇看！』

『我……我不要說！』

『我就知道，妳說不出來了。』杜老闆得意的說：『我看，妳身上帶著銀子衣裳，又說不出住在那裡？還會兩下功夫……唔，八成是偷了那個大户人家，逃出來的小賊吧？』

小燕子心裡飛快的轉著念頭，怎麼辦？要不要說出會賓樓，讓柳青柳紅來救？想著，就神態一凜。不行！太沒骨氣了！絕對不說！她傲然的一抬頭：

『你不要研究我是什麼來歷了，說了你也不信！我警告你，如果再不放我，會有很多人來找我，那時候，你會倒大楣！你會被砍頭！滅九族！五馬分屍！』

『哦？那麼厲害？偏偏我不怕！讓他們來找我吧！』

小燕子沒轍了。想了一想。

『這樣吧！不過是砸了你們的店，該賠多少，我來幫你們做工，好不好？』她看著杜老闆，低聲下氣的說：『你猜得差不多，我沒爹沒娘，在一個大户人家當丫頭，主人一直欺負我，我只好逃跑了！我會做很多事，洗碗，燒菜，劈柴，挑水……都可以！反正我也沒地方去，我做工還錢，怎麼樣？』

杜老闆還沒回答，老闆娘開了口：

『不行！我才不要這樣的丫頭！我看她一股騷樣兒，留下來一定是個禍害！』

杜老闆卻興味盎然的盯著小燕子：

『只怕我一放妳，妳就開始撒潑！』

『不會不會，』小燕子拚命搖頭：『你的功夫比我強，我上一次當，學一次乖！不敢了！你又會武功，又會下棋，我佩服都來不及了！在你的店裡做工也不錯，還可以跟你學下棋，學武功……我就留在你的棋社幫忙吧，倒茶倒水，招待客人，做小丫頭，什麼都行！』

杜老闆看到小燕子說得可憐兮兮，長得明眸皓齒，就心動起來。料想她也翻不出手掌心，就點點頭說道：

『我放開妳！如果妳再敢動手，我就斃了妳！把妳丟到亂葬崗去！』

小燕子拚命點頭。

杜老闆就拿了一把尖刀，挑斷了小燕子身上的繩子。

小燕子伸伸手腳，哼哼唧唧的站了起來。說：

『好了，我可以做工了，現在，我該做什麼？』

『去灶前面燒火！』老闆娘命令著。

『是！』

小燕子順從的應了一聲，看看屋角堆的柴火，就走過去，抱了一堆，走到大灶的前面，去一根根的放進灶爐。

老闆娘虎視眈眈的看著她做，杜老闆皮笑肉不笑的，也看著她做。

小燕子一股逆來順受的樣子，一根根柴火往灶爐裡放。火越燒越旺了。

忽然之間，小燕子抽出一根燒著的柴火，對著杜老闆的臉孔一戳。杜老闆一閃身避開，小燕子就飛快的奪門而逃。

這次，出手的是老闆娘，又快又狠，對著她後腦勺一拳，小燕子又倒了。

爾康、永琪、紫薇、柳青、柳紅、蒙丹已經找過各條街道，把小燕子的樣子形容給路人看，探訪各家餐館、小吃館、茶館、旅社……永琪甚至從『翰軒棋社』門口走過，卻壓根兒沒想到，小燕子會陷在這家棋社裡。

轉眼，天黑了，大家一點眉目都沒有。全部集合在會賓樓的客房裡。

永琪急得五心煩躁：

『怎麼辦？怎麼辦？天都黑了！她一個姑娘家，孤單單的一個人，會到那裡去呢？我真的要急死了！』掉頭又往門口跑：『我再去找！』

柳青把他一把拉了回來。說：

『你不要太激動好不好？這樣瞎找，一點用也沒有！我認識小燕子好多年了，她這個人命大得很！我想，她不會有任何問題！但是，她的脾氣強，如果她安心不當這個格格了，也不要我們找到她，她說不定已經跑到好遠好遠的地方去了！』

『這就是我最害怕的事！』紫薇說。

永琪『砰』的一聲，一拳捶在桌子上。又急又傷心的說：

『她怎麼會這樣？就算跟我發脾氣，她也該想想紫薇，想想爾康，想想我們這一大群人，這麼多好朋友，發現她丟了，大家會多麼著急！還有，她走了，我們怎麼面對皇阿瑪？怎麼面對老佛爺？宮裡追究起來，不是人人要遭殃嗎？她什麼都不管，就這樣走得無影無蹤，未免太任性太無情了！』

『不管怎麼樣，大家先吃一點東西！我去叫廚房做點飯菜，送到房裡來吃！跑了一整天，都是又累又餓！不要再把自己折騰病了，尤其紫薇，大病剛好！』柳紅說。

爾康趕緊看看紫薇，憐惜的握住她的手。

『紫薇，妳還好吧！真不該讓妳跟著我們跑！』

『我沒事，只是好擔心小燕子！』紫薇就有些傷心起來：『她連我這個妹妹都不要了，還說什麼有

福同享，有難同當？找到了她，我一定跟她算帳！』

蒙丹忍不住說：

『她會不會已經回去了？大家忙著找人，也沒有回去看一看！我想，小燕子是個很熱情，又很講義氣的人，出走是氣頭上的事，氣消了可能就會想明白，知道這一走事態嚴重，說不定就悄悄的回去了！』

永琪就猛的跳了起來。嚷著說：

『蒙丹說的對！那……我們趕快回去！』

『也不急在這一刻，好歹吃點東西再走！』柳紅說。

『算了算了！他這個樣子，怎麼吃得下東西呢？我有經驗，還是回去再說吧！』爾康說，看了紫薇一眼，想起上次的吵架，還餘悸猶存。『而且，已經出來一天了！還不知道宮裡面發現沒有？那幾個侍衛會不會說出去？』

大家越想越擔心，決定馬上回宮，看看宮裡的狀況再說。大家就急急的往外走，爾康到了門口，又再三叮囑柳青柳紅和蒙丹：

『你們一定要注意，小燕子也很可能走了半天，沒有地方去，然後再來找你們！如果她來了，你們一定要留住她，不要讓她再跑走！我明天會來這兒，傳達彼此的消息！』

『知道了！明天一早，柳青和蒙丹繼續去找，我留守在會賓樓！』柳紅應著。

於是，大家回到了漱芳齋。

金瑣看到大家，就急忙迎上前來，著急的問：

『找到沒有？找到沒有？』

金瑣這樣一問，爾康、永琪、紫薇全部臉色一沈。

『這麼說，她根本沒有回來？』永琪失望的問。

『沒有呀！晚飯以後，令妃娘娘還過來了一趟，問小姐去福大人家回來沒有？我只好說沒回來，也不敢露一點口風！』金瑣說。

『那麼，宮裡還沒有發現小燕子失蹤了？那些侍衛沒說？老佛爺那邊有沒有什麼動靜？皇后娘娘那兒呢？』紫薇問。

『還好，什麼動靜都沒有。我一直守在漱芳齋，照你們交代的應變。你們怎麼去了那麼久，我緊張得一直冒冷汗！』

『已經把北京城都找遍了，什麼線索都沒有！』爾康沮喪的說。

正說著，含香匆匆趕來，關心的問：

『怎麼會發生這種事情呢？五阿哥，你真的跟她吵架了？怎麼不讓讓她呢？』

永琪臉色灰白，乏力的跌坐在一張椅子裡。痛苦的用手支住額，呻吟著說：

『如果時間能夠倒流，我一定讓她！陪她去練劍，陪她下棋，陪她做一切她要做的事！我怎麼知道她會氣得離開我……她太過份了！』

紫薇嘆了一口長氣，疲倦的坐下來。

爾康就對明月、彩霞說道：

『妳們趕快去廚房，弄一點吃的東西來，大家累了一天，連好好的一餐飯都沒吃！先吃點東西，有了力氣，才能想出辦法！』

『是！』明月、彩霞趕緊去弄吃的東西。

含香見個個人都痛苦而沮喪，急忙安慰大家：

『你們先不要慌，我打賭，小燕子會回來的！她絕對捨不得離開你們大家的！你們想想看，她最愛熱鬧，最怕寂寞！要她沒有你們，單獨過日子，她可能一天都活不了！所以，我想，明天她一定會回來！我們要擔心的，就是怎麼瞞住宮裡的各路人馬！』

爾康深深點頭，提起精神，對大家說：

『含香說的對！我們趕快再研究一下，如果皇阿瑪找人怎麼說？老佛爺找人怎麼說？皇后娘娘不會找人，但是，她是最可能得到消息，故意來揭穿我們的人，不能不防！』

永琪皺緊了眉頭，痛苦得快要死掉，說：

『老佛爺給我三個月，現在只是第一天，小燕子不但沒改，乾脆失蹤了！如果老佛爺知道她出宮

去，整夜都沒回來，那就什麼希望都沒有了！』

『什麼叫「老佛爺給你三個月」？三個月怎樣？』紫薇大驚，睜大眼睛問。

爾康嘆了口氣，知道瞞不住紫薇了，就對紫薇說道：

『老佛爺限期三個月，要小燕子脫胎換骨，改善所有的毛病。否則，就要取消指婚！所以，五阿哥才那麼氣急敗壞，要教小燕子功課！』

紫薇張大了眼睛，這才明白了。

永琪走到窗前，痴痴的看著窗外，喃喃的說：

『我大概永遠失去小燕子了！如果以後的生活裡再也沒有她，我要怎麼過？』他的腦袋抵著窗櫺，絕望的說：『那裡有這麼任性的人，那裡有這麼不瞭解感情的人，那裡有這麼狠心的人……居然用這種方式懲罰我！』說著，就對著窗外大叫：『小燕子……妳給我回來！』

爾康和紫薇跳起來，奔過去。爾康急喊：

『噓……噓！你幹嘛？幹嘛？』

『五阿哥！冷靜一點，不要發瘋呀！你要叫得人盡皆知嗎？』紫薇嚷。

正在這時，外面傳來小鄧子、小卓子的急呼：

『皇上駕到！』

大家一陣慌亂，急得你看我，我看你。爾康就在永琪肩上重重的一拍。

乾隆已經大步而入。聲到人到：

『誰在叫小燕子？朕也在找她，快把棋盤拿出來，朕今晚興致好，教教她怎麼下棋……』

一屋子的人趕快請安。說『皇阿瑪吉祥，皇上吉祥』等。只有永琪，還陷在自己那激動的情緒中，又被乾隆的突然出現，攪得心慌意亂，連請安都忘了。

含香急忙上前，行回族禮：

『皇上！』

乾隆看到含香，一怔。立即高興的說：

『原來妳在這兒串門子！朕剛剛賜了烤鹿肉、烤羊肉給妳加菜，妳大概也沒看到？』

『是嗎？謝皇上賞賜！』

乾隆掃視大家，只見個個魂不守舍。乾隆覺得氣氛有點怪：

『你們怎麼了？小燕子呢？』

『她……她……在裡面……在裡面……』紫薇吞吞吐吐的說。

『叫她出來！越來越沒規矩，聽到皇阿瑪來了，也不出來迎接！』

『是……是……』紫薇不知道怎麼辦才好，求救的看爾康。機智的爾康，這下也應變不出來。永琪更不用說了，呆呆的像個雕塑。

乾隆奇怪極了，看看這個又看看那個。

含香突然伸手挽住乾隆的胳臂，給了乾隆一個好甜的笑。清脆的說：

『皇上既然賜了烤鹿肉，烤羊肉……何不去寶月樓跟我一起吃？我還沒有吃晚餐呢，本來想過來和小燕子她們一起吃，但是，她們已經吃過了！聽到烤鹿肉……覺得好饞啊，那個回回廚師又表演了一手，是不是？』

乾隆看到含香這麼主動，這麼親熱，實在意外極了：

『是啊！廚師說是道地的新疆做法，不知道合不合妳的口味？』

『那麼，我們就去吧！別等菜涼了，不好吃！』含香挽著乾隆就向外走。

乾隆怔了怔，就哈哈大笑起來：

『好啊！好啊！我們走吧！』回頭對一屋子發楞的大家說道：『棋，只好改天再來下了！』

乾隆帶著含香而去，大家連『恭送皇阿瑪』都忘了說。

乾隆一走，永琪就虛脫的倒進椅子裡。拍著額頭說：

『如果再找不到小燕子，我看，我是「橫也是死，豎也是死」！』

漱芳齋裡，大家很慘。小燕子陷在棋社，情況更慘。

她已經被折騰得蓬頭垢面，正在爐子前面拚命燒火。老闆娘凶神惡煞般，雙手叉腰站在她身後，惡狠狠的喊：

『火不夠旺！妳死人呀！會不會燒火？多加一點柴火，知不知道？』

小燕子恨得牙癢癢。心想：『真倒楣！進了一家黑店，碰到一個黑郎中，外帶一個母夜叉……功夫都比我好，我怎麼會這樣倒楣呢？都是永琪害我……』

正想著，老闆娘大吼：

『火燒旺一點！聽到沒有？』

一面說，那老闆娘提起腳來，對小燕子屁股一踹，小燕子往前一仆，差點跌進爐火裡去。她跳了起來，大罵：

『妳想把我燒死是不是？』

老闆娘又是一踹，小燕子飛身而起，想逃開，那裡逃得掉，結結實實又挨了一腳，摔倒在地。老闆娘拍拍手說：

『好漂亮的狗吃屎！要不要再來一下！』

小燕子連忙說道：

『不要了！不要了！好女不吃眼前虧，我燒火……燒火……』

小燕子拚命用嘴去吹火。一陣灰被她吹得飛了起來，飛了她一臉一身。她抓了一把火鉗，在火裡亂捅，再抓了一把扇子，拚命搧火，搧得滿屋子又是灰又是煙。『妳該死！』老闆娘伸手就去擰她的耳朵，她要躲，那裡躲得過，老闆娘行動像閃電，已經拎住了她的耳朵，拚命拉扯。小燕子大叫：

「哎喲！哎喲！母大王，饒命！小燕子不敢了……」

「要不要乖乖燒火了？」

「要……要……要……」

小燕子跪在火爐前，火光映紅了她的臉，臉上又是灰又是傷，好生狼狽。

燒完了火，老闆娘又押著她去挑水。小燕子在大雜院的時候，過的也是苦日子，但是，有柳青柳紅和一些老奶奶老爺爺照顧著，她可沒有做過粗活。現在，要她挑水，她就頭痛了。原來那水擔並不容易平衡，她又貪心，把水桶盛得太滿。她挑著水，歪歪倒倒的走來，要把水倒進水桶。誰知一倒之下，水桶一歪，竟然把整桶的水全部倒在地上，而且倒在老闆娘的鞋子上。

「妳找死！」

老闆娘大怒，『砰』的一聲，就給她一個『爆栗子』。小燕子想要跳開，那裡跳得開，額上結結實實的挨了一記，痛得眼淚直流，腳下踩到水，又滑了一跤，摔得四仰八叉，慘不忍睹。

「哎喲！哎喲……」小燕子喊：「我真是出門不利，碰到了鬼……」

小燕子一句話沒有說完，母夜叉的腳已經踩上了她的胸脯。

「妳說什麼？再說一遍！」

「我說，妳可以跟容嬤嬤去拜把子……」

「聽不懂，一定不是好話……」老闆娘的腳，就用力踩下去。

『哎喲哎喲……』小燕子急忙喊：『輕一點，輕一點，把我踩死了，妳還得抬我去亂葬崗，不是挺麻煩嗎？我是說……妳是女王！大女王，大大女王，大大大女王……』

老闆娘腳下一鬆，小燕子哼哼唧唧爬起身。一面清除地上的積水，一面低低的嘰哩咕嚕：

『女王八，大女王八，大大女王八，大大大女王八……』

然後，老闆娘又押著小燕子洗碗。髒碗疊得一落一落，好多好多。小燕子洗得腰痠背痛，哼哼唉唉。

『洗快一點，動作麻利一些！不要偷懶！』老闆娘喊。

小燕子恨得咬牙切齒的。老闆娘把一塊抹布，往她臉上一丟。

『盤子上的水，要擦乾淨！』

小燕子忍耐的拉下抹布，擦著盤子。嘴裡低低的唸唸有辭：

『嘰哩咕嚕那不那魯咪裡嗎唬唏哩呼嚕嘛咪嘛咪急急如律令！小燕子在這兒作法，大頭鬼、小頭鬼、無頭鬼、冤死鬼，吊死鬼……全體來幫忙，把這個母大蟲切八段，燒成灰……』

『妳嘴裡在嘰哩咕嚕說什麼？』

『沒……沒……沒什麼，沒什麼……』

『把乾淨盤子放到那個架子上，排整齊！』

『是！奴婢遵命……』

小燕子抱著一疊乾淨盤子，要放上架子，手一鬆，盤子全部落地打碎。

老闆娘尖叫：

『妳是故意的！妳這個小賊！妳這個臭丫頭！我打死妳……』

老闆娘就凶神惡煞般飛撲而下。小燕子大叫：

『救命啊……救命啊……黑店殺人啊……』

老闆娘把她壓在地上，騎在她身上，劈哩叭啦的打著她的耳光。小燕子又氣又恨，大罵：

『妳當心，我會報仇的！妳這個死巫婆，母大蟲，母老虎，母烏龜，母夜叉，母王八，母狗熊……我會把妳切成一段一段，拿去餵狗！我會帶了人來，燒了妳的店！要妳學狗叫……把妳用鐵鍊子綁著，拖著妳遊街……』

老闆娘對著她的腦袋一拳打去，小燕子又暈了。

25

小燕子打了侍衛，離開皇宮，徹夜不歸……漱芳齋人心惶惶，大家跑出跑進，神神祕祕，緊緊張張……這種種不尋常的現象，想要瞞住宮裡所有的人，幾乎是件不可能的事。何況，有人對漱芳齋特別有興趣，沒事都會找出一些事情來，有事，就更加逃不掉了。因此，這天清早，神武門的兩個侍衛，就被皇后的心腹巴朗帶進了慈寧宮。

永琪和爾康也明白，時間越拖長，保密就越不容易。兩人急如星火，一早就來到漱芳齋，對紫薇匆匆的交代：

『紫薇，今天妳留在宮裡，我和五阿哥還是出去找！我看，令妃娘娘那兒是瞞不住了！妳等會兒就去看令妃娘娘，乾脆把事情經過都跟她坦白吧！』

『我知道了！你們一有消息，就要回來告訴我！如果小燕子到了會賓樓，也要告訴我，恐怕只有我去勸她，她才肯回來！』紫薇急急的說。

『我知道，我知道！』永琪煩躁的應著：『如果宮裡有人問起來，我看，還是說她去了福大人家吧！爾康，恐怕也沒辦法瞞你阿瑪和額娘了，只好請他們幫幫忙！』

『我就不敢說呀！昨晚已經想說了，又怕阿瑪額娘的看法跟我們不一樣，說不定他們會認爲事態嚴重，不敢擔負這麼大的責任，認爲還是告訴皇上比較好……』

爾康話沒說完，小鄧子衝進房。手裡拿著一張紙條：

『五阿哥！福大人！剛剛晴格格的貼身丫頭翠娥跑來，給了我一張條子，要我趕快交給你們！』

爾康急忙接過紙條，打開來看。永琪和紫薇金瑣全都伸頭去看。只見紙條上面，寫著簡簡單單的四個字『神招佛至』。

『神招佛至？這是什麼意思？是個佛教術語嗎？』紫薇詫異的問。

爾康略一思索，恍然大悟，著急的說道：

『糟糕！神武門侍衛，全體招了！老佛爺馬上會到！』

『那要怎麼辦？』永琪大驚：『你確定嗎？憑這四個字，這樣解釋，是不是有些牽強？』

『不牽強！就是這個意思！晴兒生怕紙條落進別人手裡，故意寫得含糊。我就知道，要瞞住宮裡每一個人，是不可能的！』爾康說著，一把抓住永琪：『五阿哥，我們瞞不住了，走吧！』

『去那裡？』永琪心慌意亂，五內俱焚。

『去見皇上！』爾康毅然說，對紫薇叮囑：『老佛爺來了，妳好好應付！』

紫薇睜大眼睛，呼吸急促：

『我要怎麼應付？怎麼說呀？』

永琪看了爾康一眼，明白了。事已至此，再保密也沒有用了。整個皇宮裡，除了令妃，只有皇阿瑪，或者可以同情小燕子！他一咬牙，抬頭看紫薇，正色的，沈痛的說：

『實話實說！失去小燕子，對我而言，是「念天地之悠悠，獨愴然而涕下」！什麼古人，什麼來者，什麼今人……都沒有意義了！老佛爺是始作俑者，她已經把我們逼到這個地步，現在，她成全也罷，不成全也罷！我豁出去了！事實上，也沒有退路了！』

永琪說完，和爾康掉頭而去。

兩人直奔御書房，見到了乾隆。乾隆聽到『小燕子出走了』，太震驚了，簡直不敢相信，問：

『什麼叫作「小燕子出走了」？朕聽不明白！她走到那裡去了？』

『皇阿瑪不要細問了！』永琪沈痛的說：『整個經過情形，也不是三言兩語說得清楚，總之，就是兒臣為了想教育她，傷了她的自尊，她一氣之下，留書出走！昨天一早，打了神武門的兩個侍衛，奪門而去。兒臣知道之後，不敢驚擾皇阿瑪，也害怕宮裡追究，帶給小燕子更大的災難。所以，和爾康出宮去找，誰知，找了一整天，影子都沒有！兒臣想，小燕子可能就此失蹤了！』

『她打了侍衛？奪門而去？她還有一點規矩沒有？怎麼越來越不像話了？』

爾康向前一步，急忙說道：

『皇上！現在來談「規矩」，恐怕已經晚了！小燕子決心離開，就是被這些規矩嚇走了！她連格格的身份，準王妃的地位，紫薇的姐妹之情，皇阿瑪的父女之情，以及五阿哥的一往情深，全都不要了！走到這一步，臣認爲，她已經破釜沈舟，不再回頭了！』

乾隆看著神情悲痛的永琪和爾康，明白事態的嚴重性了，震動得不得了。

『破釜沈舟？不再回頭了？你們的意思，她不是在耍個性，不是撒撒嬌，發發小孩脾氣，不是跟你們開玩笑？』

永琪搖搖頭，聲音裡帶著椎心之痛：

『兒臣已經後悔得不得了，小燕子就是小燕子，可是，我們大家一定要把她變成另外一個人，一個知書達禮的大家閨秀！她變不了，我們就個個跟她生氣，處罰她！讓她身心飽受煎熬！現在，我失去了她，實在痛不欲生！才知道大錯特錯！皇阿瑪，不要再說規矩了，沒有了還珠格格，還有什麼「犯規」可言呢？』

乾隆瞪著永琪，被他那種深刻的沈痛撼動了。失去小燕子？永琪不能失去小燕子，乾隆又何嘗失去得起？他沈吟著，還沒開口，爾康就急促的稟道：

『皇上！現在，老佛爺已經知道小燕子失蹤了，聽說非常震怒！只怕漱芳齋又人人自危了！』就誠摯的，哀懇的說：『我們已經走投無路，只得把一切稟告您！求皇上幫忙！如果您不去漱芳齋，臣只怕另外一個格格也保不住了！』

乾隆大震，一個格格受不了委屈，已經離家出走，另一個呢？他急忙站起身來，迫不及待的說：

『我們去漱芳齋！』

漱芳齋已經遭殃了。

太后自從回宮以來，早被漱芳齋的點點滴滴，弄得頭昏腦脹。太后是個墨守成規，尊重『祖宗家法』的人。這個小燕子和紫薇，從頭到腳，沒有一個地方合乎規矩，偏偏皇上百般偏袒，讓她投鼠忌器。上次布娃娃事件，令她在乾隆面前，都抬不起頭來，心裡依然隱痛未消。對那個布娃娃的疑雲，也依舊未解。至於被小燕子的焰火棒燒了衣服，她更是覺得不祥極了。這時，聽到小燕子居然打傷侍衛，私自出宮。她的種種的不滿，就匯集成一股強大的怒氣。何況皇后和容嬤嬤，一邊一個的火上加油，使她更加按捺不住，就帶著皇后、容嬤嬤、桂嬤嬤、晴兒，宮女太監……浩浩蕩蕩的到了漱芳齋。

紫薇戰戰兢兢的迎上前來行禮道吉祥。太后不等她行禮完畢，就盛怒的問：

『小燕子私自出宮，去了那裡？你們是不是有什麼陰謀？宮外到底有什麼東西吸引你們一再出去？小燕子不是無父無母嗎？在宮外還有什麼朋友？妳最好把所有的事，通通坦白告訴我！』

紫薇看著太后，恭敬而沈痛的說：

『回老佛爺，小燕子去了那裡，我們真的一點也不知道！我真希望我知道，那麼，就可以把她找回來，免得這麼多人爲她生氣，爲她傷心。小燕子在宮外沒有家，沒有親人，這一年多來，皇宮就是她的

家，皇阿瑪和我就是她的親人！吸引她一再出宮的，是宮外那種自由的空氣！在宮外，沒有人嫌棄她不會背唐詩，不會唸成語！』

皇后在太后耳邊低低說道：

『這個紫薇格格，可唸過書，能說善道，死的都可以說成活的！臣妾幾度和她「溝通」，都敗在她的「口下」！恐怕老佛爺要注意一點！上次夾手指的仇，她還記著呢！』

容嬤嬤在太后另一邊低低說道：

『那個布娃娃，到底是從那兒來，還是一個謎！雪緞雖然是宮裡用的東西，奴婢已經查過了，宮裡到處都有！幾個娘娘拿它作人情，分給格格丫頭奴婢……恐怕這個漱芳齋，也有！』

太后點頭，怒容滿面。疾言厲色的說：

『紫薇！妳再不說出小燕子的下落，妳是要我把妳帶回慈寧宮問話嗎？』

金瑣大驚，夾手指的情景，還歷歷在目，就衝上前去，『崩咚』一跪。痛喊道：

『老佛爺開恩！上次小姐上了夾棍，差點送命！實在受不了再來一次，如果老佛爺要帶她回慈寧宮，不如帶我去吧！我和小姐從不分開，小姐知道的事，我通通都知道……』

金瑣一跪，明月、彩霞也上前，通通跪下，磕頭喊道：

『老佛爺開恩！老佛爺開恩！』

『放肆！』太后皺眉說：『我和格格談話，也有妳們這些丫頭插嘴的份！容嬤嬤，桂嬤嬤！給我教

訓她們！』

『喳！』

容嬤嬤好得意，快步上來，劈手就給了金瑣一耳光。

桂嬤嬤帶著其他嬤嬤上前，劈哩叭啦，明月、彩霞又挨打了。

紫薇一急，也跟著跪下了：

『老佛爺！爲什麼要這樣？難道我們大家，就不能用言語溝通，一定要打嗎？』

『溝通？我問了妳半天話，妳一句坦白的答覆都沒有！妳那裡有誠心和我溝通？妳根本就在和我玩花樣……』

太后一句話没說完，乾隆帶著永琪和爾康，匆匆趕到了。太監趕緊通報：

『皇上駕到！』

太后和皇后一驚，怎麼乾隆又得到消息了？

乾隆已經急急的跨進門來，大喊：

『停止！不許打人！怎麼又動手了？』

嬤嬤們馬上住手，跪了一地，山呼萬歲。乾隆怒極，不能和太后發作，就上前和這些嬤嬤們發作，大罵：

『妳們這些老刁奴，總有一天，朕把妳們全體處死！現在，通通滾下去！』

嬤嬤們屁滾尿流出房去。只有容嬤嬤悄悄起立，蹭到太后身邊去站著。

『紫薇！起來說話！金瑣、明月、彩霞，妳們也起來！』乾隆說。

『謝皇阿瑪！』紫薇起身。金瑣、明月、彩霞也謝恩起立，退到一邊站著。

乾隆這才抬眼，看著太后。說：

『老佛爺，是不是小燕子私自出宮的事，又讓老佛爺操心了？』

『皇帝已經知道了？』太后竭力忍耐著：『那個丫頭不止「私自出宮」，還打了侍衛，奪門而去，徹夜不歸！皇帝，如果你再袒護那個丫頭，對她的行爲不聞不問，恐怕她會越來越壞，總有一天，變成不可收拾！這個紫薇丫頭，知情不報，也要一併處罰，不能饒恕！』

爾康聽到又要罰紫薇，簡直是心驚肉跳。

永琪這時已經豁出去了，一副無所畏懼的樣子。

乾隆緊緊的看著太后，難過的說：

『老佛爺，小燕子已經受不了，離家出走了！如果我們的家，真的好溫暖，孩子怎麼會走？現在，不是立規矩的時候，現在，是怎麼找回孩子的時候！小燕子丟了，朕非常心痛，惦記的是她是否安全，不是她該受什麼處罰？我們暫時把所有的處罰規矩都收起來吧，把小燕子平安找回來，才是當前最重要的問題！其他的事，都不要再談了！』

乾隆這一番話，讓紫薇、爾康、永琪、金瑣、晴兒都好震動。

太后驚異的看著乾隆，一時之間，啞口無言了。

皇后和容嬤嬤敢怒而不敢言。乾隆沒有忽略她們，走到兩人面前，一臉寒霜，語氣鏗然的說道：

『皇后！妳和容嬤嬤就待在坤寧宮，管妳自己的事情吧！小燕子和紫薇，請妳永遠不要過問！這個漱芳齋，妳們最好不要再進來！否則，朕上次說過的話，朕會讓它實現的！』

皇后大震，踉蹌一退，容嬤嬤顫巍巍的扶住。太后聽了，實在生氣，向前一步，正想說話，晴兒拉住太后的衣服。太后回頭，晴兒悄悄的對她搖搖頭。太后楞了楞，勉強的按捺了自己。

乾隆就當機立斷的喊：

『爾康！』

『臣在！』

『馬上傳你的阿瑪進宮，朕要全面搜查北京城，找尋小燕子！』

『臣遵旨！』爾康答得好有力。

『永琪！』乾隆又喊。

『兒臣在！』

『傳令鄂敏，帶隊去城外搜尋！但是，不得驚擾老百姓，只能暗訪！』

『兒臣領旨！』永琪也答得好有力。

小燕子完全不知道，整個御林軍都出動了，大家在北京城裡城外，到處找尋她。

小燕子很慘，正在棋社的後院劈柴。她披頭散髮，狼狽不堪，臉上青青紫紫，都是傷痕。老闆娘虎視眈眈的站在一邊，手中，還拿了一根藤條。她稍有不力，藤條就打上身來。有些工人在旁邊做工，對小燕子依舊視而不見。

『劈快一點！用力一點！那個木柴，要劈成一片一片，不是一塊一塊！妳不要偷懶！快做！』老闆娘嚷著，手裡藤條一揮。

小燕子跳起身子躲，就是躲不掉，藤條掃到背上，她痛得齜牙咧嘴，瞪著眼睛嚷：

『妳要我做工，就不要打人，那有這樣的惡霸！』說著，就求救的看著那些工人，喊：『你們也都麻木了嗎……』

老闆娘手裡的藤條，嘩啦嘩啦的抽了過來，小燕子東跳西跳，就是閃不過那些鞭子。小燕子不禁痛喊出聲：

『母夜叉！妳給我記著，風水輪流轉！我會把妳像這些柴火一樣，砍成一片一片，劈成一塊一塊……』

唰唰唰唰……藤條雨點一樣落在小燕子身上。

『好了好了！我不敢了，我做工……做工……』

老闆娘收了藤條，小燕子奮力劈柴，劈著劈著，忽然把斧頭對著老闆娘的頭頂砸了過去。自己就向

後院門的方向，拔腿就跑。

老闆娘不慌不忙，用藤條迎向斧頭，一撥，斧頭就滴溜溜的轉向小燕子，當頭劈下。小燕子抬頭一看，斧頭就在頭頂，大驚：

『哎喲，我的媽呀……』

小燕子急忙用手抱著頭，滾倒在地，連續幾個翻滾滾開，斧頭落地，以毫釐之差，插在她身邊的地上。小燕子驚魂未定，動了一動，才發現自己的衣袖，被斧頭釘在地上，這一驚真是非同小可。

『女大王！饒命，我知道妳的厲害了！不敢了！這次是真的不敢了……』

幾個工人，看了看小燕子，就害怕的低頭做自己的工作。

母夜叉走了過去，拾起斧頭。

『怎樣？是要跟我比武呢？還是要砍柴呢？』

『我砍柴！我砍柴！我砍柴……』

小燕子說著，不敢再出花樣了，乖乖的，一斧頭一斧頭的砍著柴。

砍完了柴，小燕子又被押去洗衣服。她坐在水井邊，一大堆的髒衣服和被單，堆得像小山一樣高，小燕子拚命搓洗著。老闆娘拿著藤條，坐在一邊，悠閒的觀望。

小燕子一邊洗，一邊嘰哩咕嚕的說著：

『早知道，我就不要耍個性，背幾句「前不見古人，後不見來者」比這個舒服多了！我怎麼會這麼

倒楣？這一次，變成「走進一間房，四面都是狼」了！一個老公狼，一個老母狼……』她偷眼看看那些無動於衷的工人：『還有好多「木頭狼」！』

『妳嘴裡在說些什麼？是不是在罵我？』老闆娘問。

『不是不是！』小燕子慌忙回答：『我說，妳的武功怎麼這樣好？有這麼好的武功，用來對付我這個小丫頭，不是太委屈了嗎？老闆娘，我跟妳辦一個交涉好不好？我有一個朋友，在城裡開了一家酒樓，妳押著我去，到了那兒，我的朋友會給妳很多銀子！一百兩，怎麼樣？』小燕子不再驕傲了，只想趕快讓柳青柳紅來救命。

『妳有朋友在開酒樓？我還有朋友在開旅館呢！』老闆娘不為所動：『把妳押過去？我沒那麼好的興致，如果妳說的是假的，搞不好妳乘機就逃跑了！如果妳說的是真的，妳那些朋友，說不定會幫妳報仇，我才不惹那個麻煩呢！』

小燕子恨得牙癢癢，心想，這個死婆娘，軟硬不吃，怎麼辦？轉著眼珠，又說：

『老闆娘，還有一個辦法，妳去皇宮後面的神武門，那兒有我一個朋友……』

『皇宮也有妳的朋友？妳真是神通廣大，來頭不小啊！』老闆娘打斷她，一瞪眼睛，大吼：『洗衣服！快一點！再不洗，當心我的藤條！』唰的一聲，藤條又飛了過來：『妳在皇宮有朋友，我還和乾隆拜了把子呢！』

小燕子一閃，沒有閃過，藤條又抽在背上，痛得咬牙切齒。

老闆娘凶神惡煞般的吼著：

『妳洗不洗衣服？』

『我洗……我洗……我洗……』

小燕子拚命搓洗著衣服，拉扯著衣服，太用力了，一件衣服被撕成了兩半。

『妳故意的！死丫頭！臭丫頭！我打死妳！打死妳……』老闆娘大怒。

鞭子雨點般抽下，小燕子閃來閃去閃不過。忍不住大喊：

『救命啊……救命啊……永琪，你在那裡？』

永琪正帶著一隊侍衛，在整個商店街搜查。查了一條街又一條街。他曾經兩度經過『翰軒棋社』門口，抬頭看看，大門深鎖，就把這個棋社給疏忽掉。爾康和福倫，更是連郊外都找了。因爲乾隆有令，不得驚擾老百姓，再加上，宮裡丟了格格，也不能聲張。所以，找得非常辛苦，一連找了好幾天，小燕子就像是從地上消失了，一點音訊都沒有。

日出日落，朝來暮去……找的人心力交瘁，小燕子也憔悴不堪了。

這晚，小燕子筋疲力盡的坐在地上。摸著癟癟的胃：

『幾天沒吃東西了，好餓啊！餓得我胃都痛了……』

正想著，有個面無表情的工人走來，把一碗剩飯剩菜，一個黑不溜楸的窩窩頭往她面前一放，轉身

就走了。

小燕子看到食物，眼睛一亮，端起飯碗一聞，全是餿的。氣得放下飯碗，喊：

『這是臭的！怎麼吃？這個東西恐怕連豬都不吃，我怎麼吃得下？』

杜老闆陰森森的走了過來。冷冷的說：

『我勸妳吃了吧！吃了才有力氣做工！』

小燕子轉動眼珠，思索著，心想還是吃了吧！吃了才有力氣逃跑！小燕子想著，就捏著鼻子，拿起碗，勉強吃了一口，立刻哇的一聲，吐了滿地。

『這個死丫頭！臭丫頭！她存心要把我給折騰死！』老闆娘衝了過來。

唰唰唰唰，藤條又對小燕子飛來。她東跳西躲，怎樣都躲不過，被打得好慘。老闆娘大吼：

『給我把地擦乾淨！』

小燕子無可奈何，只好去擦地。她跪在地上，用抹布從廚房這一頭，擦到那一頭。嘴裡叼著那個窩窩頭。心裡想：

『還好有個窩窩頭……金瑣給我做了一大堆好吃的，有水晶蒸餃，什錦包子，牛髓炒麵茶，香酥雞……還有蓮子銀耳湯！唔……』她饞得要流口水，就不自禁的咂了一下嘴，這一咂嘴，窩窩頭就掉進擦地的髒水桶裡去了。她睜大眼睛，看著那個窩窩頭，眼珠子都快跟著掉進去了。心裡在哀喊著：『我真是背啊，真是衰啊，真是苦命啊……世界上大概沒有比我更倒楣的格格了！』

唰的一聲，鞭子又上了身。老闆娘吼著：

『怎麼不動？擦地妳會不會擦？趕快擦！趕快擦……』

『我擦……我擦……我擦……』

小燕子拚命的擦著地。

擦完了地，老闆娘拎了一桶水，往桌上一放，『嘩啦』一聲，無數的棋子，有黑有白，全部倒進水桶裡。老闆娘嚷著：

『快把這些棋子洗乾淨，再分開裝進棋盒裡！』

小燕子瞪著那些棋子，火往上冒。大叫：

『洗棋子就洗棋子嘛，既然要分開裝，爲什麼不分開洗？妳這樣和在一起，不是多了好多工作嗎？我洗一夜也洗不完！』

『還敢辯嘴！妳砸了我的店，害我幾天做不了生意，妳只好幫我大掃除！老娘就是要妳洗！就是要妳分！難道我還要幫妳省事不成？洗不洗？』

小燕子大怒，抓起水桶，往地上一潑，水和棋子，嘩啦啦潑了滿地。

鞭子又劈哩叭啦的抽了過來。小燕子簡直變成了小青蛙，一個勁兒東跳西躲，但是，地上有水，又有棋子，她踩到棋子，摔了個四仰八叉。

母夜叉就飛撲而下。小燕子大叫：

『我不敢了！不敢了！我洗棋子，我一顆一顆撿起來……』

小燕子跪在地上，開始一顆一顆撿棋子，撿了整整一晚。這次，不爭氣的眼淚，也一顆一顆往下掉。她一邊撿，一邊哭，一邊喃喃的自言自語：

『老天一定是懲罰我，那麼好的皇宮，我不要住，那麼好的永琪，我不要他，那麼好的紫薇和金瑣，我通通不要，還有……那麼好的皇阿瑪……』

她痛定思痛，眼前的黑子白子，全都模糊一片。

找不到小燕子，漱芳齋裡，真是愁雲慘霧。

永琪已經幾天幾夜，沒有好好的睡過覺，也沒好好的吃過一餐飯。當小燕子在撿棋子的時候，他正疲倦的站在漱芳齋的大廳裡，眼光投向窗外的穹蒼。

金瑣捧了一碗人參湯過來。

『五阿哥！這是人參雞湯，我燉了一大鍋，大家都吃一點，增加體力。明天肯定又要忙上一整天！我看你這幾天，什麼都吃不下，這樣不行，把自己累垮了，更沒辦法找小燕子了！』

『我那裡有胃口吃東西！』永琪一嘆。

『金瑣說得對！五阿哥，你好歹要吃一點，就算爲了小燕子吃！吃了，明天才有體力繼續去找她！』紫薇溫柔的說。

爾康勉強提起精神來，拍拍永琪的肩：

『我們大家都吃！一起吃！』

大家坐下，各吃各的。永琪勉強的吃了兩口，廢然的站起身子。

『我真的吃不下去！小燕子到底去了那裡？一個北京城，幾乎被我們翻過來了，那些老百姓，雖然不知道是宮裡丟了格格，也一定知道發生了很嚴重的事，誰還敢藏一個陌生人在家裡？』

『我猜，小燕子已經不在北京城裡了！她武功雖然不好，腳力很好，說不定已經跑到老遠老遠的地方去了！』金瑣說。

『我也這麼想！』紫薇點頭。

爾康看著永琪，點頭說：

『明天，我們不但要在北京城找，還要把搜尋的範圍，擴大到鄰近的城鎮鄉村！如果我們再找不到，只好滿街貼告示，讓提供線索的人有重賞！小燕子那對大眼睛，長得非常有特色，一貼告示，一定有人報案！』

永琪滿屋子走來走去，心亂得不得了。他看看那間大廳，沒有小燕子的笑聲，沒有小燕子的囂張，沒有小燕子的喳呼，沒有小燕子的大呼小叫……好寂寞好安靜啊！他走到窗前去，腦袋頂著窗櫺，心裡瘋狂般的喊著：

『小燕子，小燕子，只要妳回來，我再也不勉強妳背詩了，再也不勉強妳唸成語了！我錯了，不再

驕傲了！請妳回來好不好？如果妳執意不當格格了，天涯海角，也讓我們一起去流浪呀！」

永琪在瘋狂般的想念小燕子，小燕子也在夢著永琪。

小燕子不知道那是夢。她在一片大大的草原上，躺在青山綠水間，閉著眼睛，享受著拂面的和風。風裡，有陣陣香味，繞鼻而來。唔，是烤鴨的味道！耳中，聽到永琪的歡呼聲：

「小燕子！不要睡覺了，妳看，我們準備了好多好吃的東西，快來吃！」

她翻身而起，只見紫薇、爾康、金瑣正忙忙碌碌的準備野餐，地上鋪著桌布，上面全是各種美點，雞鴨魚肉。金瑣大叫著：

「小燕子！妳看，有蒸餃，有雞湯，有小籠包，有豌豆黃，有綠豆糕，有烤鴨，有蹄膀，有魚翅，有燕窩，有薰雞，還有妳最愛吃的『一口酥』……快點來吃啊！」

她飛奔過去，欣喜如狂。

「我餓死了！我餓死了！哇！這麼多，我先吃那一樣好呢？」

她正要對那桌食物『飛撲而下』，永琪忽然很快的攔過來，攔住了她。

「要吃東西，先要背詩！」說著，就唸：『前不見古人，後不見來者，念天地之悠悠，獨愴然而涕下！』

「那有那麼麻煩？吃東西還要背詩？」小燕子抗議的喊。

『要背！要背！一定要背！』

『要背要背！一定要背！』爾康也跟著喊。

小燕子求救的看著紫薇，誰知紫薇也喊著：

『要背要背，一定要背！』

小燕子咂嘴咂舌，餓得肚子裡咕嚕咕嚕叫，痛苦得不得了，只好背詩：

『前不見古人，後不見來者……背不出，背不出，我先吃東西再說！』

她再度撲向那些美食，誰知，一剎那間，所有的食物都不見了。小燕子大驚，抬頭一看，永琪、紫薇、爾康、金瑣全部消失，只有自己，站在荒涼的曠野。她頓時心慌意亂，大喊：

『永琪！永琪……紫薇……爾康……金瑣……回來回來，我背詩！我背我背……』拔腳想跑，竟然跑不動，摔了下去。

小燕子這樣一摔，就從夢裡摔醒了。發現自己滾倒在地上，睜眼一看，和杜老闆的眼光接個正著。小燕子大驚，想跳起身子，才發現自己被綁得結結實實，倒在廚房的地上。杜老闆正很有興味的看著她。

一時之間，她還不能從夢中回到現實，四面張望，見到廚房裡只有杜老闆，什麼人都沒有，更別提那些美食了。她不禁悲從中來。喃喃的唸道：

『前不見蹄膀，後不見烤鴨，念肚子之空空，獨愴然而涕下！』

杜老闆走了過來，拉了一張小板凳，坐在她面前。研究著她，問：

『妳在嘰哩咕嚕，說些什麼？作夢了？』

小燕子哀求的說：

『天亮了，我又可以做工了！這個繩子，可不可以解掉了？』

『料妳也翻不出我的手掌心！』杜老闆用刀挑斷了繩子。

小燕子伸手伸腳，渾身都痛。躺在地上，動彈不得。杜老闆就盯著她，說：

『妳學乖一點吧，不要再抵抗了，妳那一點點小功夫，實在不是我們的對手！落到我們手裡，妳就是死路一條了！這樣吧！妳跟了我，做我的小老婆！我教妳下棋，教妳練武，還讓妳這一生穿金戴銀，從此不用到處流浪，討生活了！怎麼樣？』

小燕子聽了，氣得眼睛冒火，對著杜老闆一口啐去。

『呸！我連阿哥都不要嫁，還輪到來當你的小老婆……你這個不要臉的死癩蝦蟆，也不撒泡尿，自己照照，是個什麼東西……』

小燕子話沒說完，杜老闆一伸手，就掐住了她的脖子，她幾乎不能呼吸了，嗆得直咳。

『咳咳！咳咳！有話……好說……好說……』

『妳要不要「好說」呢？』杜老闆問。

『要……要……要……』

杜老闆鬆了手。

這時，老闆娘悄沒聲息的出現在杜老闆的身後。小燕子看到了，心裡一動。『那麼，妳要不要嫁我？』杜老闆盯著小燕子問。

『你已經有老婆了，你的老婆會不依的，會生氣的，你又打不過你的老婆……』

『誰說的？』杜老闆惱怒的說：『不要理那個母夜叉，只要妳跟了我，我保證給妳穿好的，吃好的……這家店都交給妳管……』

杜老闆話沒說完，老闆娘一聲大叫，合身撲上。嘴裡大叫：

『你這個老色鬼！我要了你的命……』

杜老闆急忙跳了起來，老闆娘已經對著他的臉，一把抓去，杜老闆閃避不及，臉上抓出五道血痕，頓時大怒，倉卒應戰，夫妻兩個就大打出手。

小燕子乘機跳起身子，吆喝著：

『杜老闆！打呀！打呀……不要認輸！打給我看！只要你贏了她，我就跟你！把這個母夜叉打得落花流水，千萬不要認輸！打不過你就不是男子漢……打呀！用力的打呀……』

老闆娘聽了，氣得發昏，對著杜老闆，拳打腳踢，虎虎生風。杜老闆也怒火中燒，打得唏哩嘩啦。兩個都是高手，一時之間，竟然打得難解難分。

小燕子一看，機不可失，悄悄退後，閃電般的對後門奔去。

「不好了！小丫頭跑了！」杜老闆大叫。

小燕子一邊逃，一路把盤子、飯碗、鍋子、棋子……全部撥在地上，一陣唏哩嘩啦，滿地碎片，老闆娘踩到碎片，差點摔跤。

老闆娘急忙收手，大喊：

「給我追呀！來人呀……給我把那個臭丫頭追回來……」

小燕子已經打開後門，狂奔而去了。

街上，有個結婚隊伍，正在熱熱鬧鬧的前進。新郎騎著大馬，神氣的走在前面，吹鼓手吹吹打打，後面是花轎和抬嫁妝的隊伍。

小燕子從巷子裡狂奔而出，杜老闆帶著一群打手，拿著木棍，追了過來。小燕子想施展輕功，奈何早已衰弱不堪，輕功也不靈了。打手們七嘴八舌的喊著：

「我家丫頭逃跑了！大家幫忙追呀……」

小燕子回頭一看，追兵已近，再也顧不得了，就竄進結婚隊伍，橫衝直撞。隊伍大亂，抬花轎的轎夫被撞得一仆，新娘竟然跌出花轎。新郎驚得從馬背上摔了下來，場面一團混亂。新娘跌落在地，大驚，尖叫：

「救命啊……救命啊……」

小燕子一看，好生抱歉，急忙把新娘拉了起來。看到新郎的馬，靈機一動，就把新娘拉過去，一把推進新郎懷裡，氣急敗壞的大喊：

『後面有人來搶親！』指指追兵：『是那個杜老闆，要搶新娘作小老婆！你們兩個趕快抵抗！我來傳遞消息……對不起，我要逃走了！』

小燕子就飛身躍上了新郎的那匹馬，策馬狂奔。

新郎大驚，糊裡糊塗的大喊：

『救命啊！有人搶親啊……』指著杜老闆那群人：『他們要搶親啊！』

杜老闆拿著棍棒，窮凶極惡的跑來。喜娘也指著杜老闆，跳著腳驚叫：

『搶親啊……搶親啊……他們要搶親啊……』

新娘嚇得尖叫。吹鼓手和迎娶的年輕人，就義憤填膺的拿起轎桿、樂器、囍牌和抬嫁妝的扁擔，嘴裡大喊著：

『敢來搶親！殺呀！打呀……』

大家衝向杜老闆，沒頭沒臉的大打出手。

『我們在追丫頭……』杜老闆大叫。

『打！打！打……』大家那裡聽得見，紛紛大喊。

兩路人馬，打成一團。

小燕子已經騎馬奔得老遠。

26

小燕子騎著馬，一陣狂奔，奔到了會賓樓前面。大喊：

『柳青！柳紅！師父……快來啊……』

柳青、柳紅和蒙丹奔出大門，看到小燕子，大家又驚又喜。叫著：

『小燕子！小燕子……妳來了，妳總算來了……』

小燕子已經筋疲力盡，頭昏眼花，再也支持不住，從馬背上滾落下來。柳紅急忙上前，一把托住了她。小燕子倒在柳紅懷裡，氣喘吁吁，臉色蒼白的說：

『有個大公狼……還有個大母狼……在追我……快去幫我報仇……』

她一句話沒有說完，眼前一黑，就力盡的厥過去了。柳紅大驚，抱住她急喊：

『小燕子！小燕子！小燕子……怎麼滿臉是傷？怎麼這樣慘？』

『快抱進客房裡去！』蒙丹說。

柳青當機立斷：

「柳紅，你們照顧她，我去給學士府送個信，告訴福大人，小燕子找到了！免得他們還在城裡城外到處找！」

「是！」柳紅抱著小燕子進房去。

柳青又不放心的問：

「她說有什麼公狼母狼的是什麼玩意？」

「你快去！管他公狼還是母狼，有我！」蒙丹說。

柳青就趕緊奔去學士府送信了。

片刻以後，永琪和爾康已經得到了消息，兩人匆匆忙忙的趕到了會賓樓。只見小燕子躺在床上，臉上青青紫紫，都是傷痕，手腕上有繩子的勒痕，手臂上還有鞭痕。柳紅說，已經檢查了小燕子，身上全是鞭痕和瘀傷。所幸没有傷筋動骨，已經給她擦了跌打損傷膏。永琪和爾康震驚極了，永琪更是心痛得不知道該怎麼辦才好。正在談論間，小燕子悠悠醒轉，眼睛一睜，就大叫著跳起身子：

「你這個母夜叉，母大蟲，母老虎，母妖怪……我跟妳拚了……」

她一面喊，一面雙手亂舞，永琪急忙撲過去，緊緊的握住了她的手。喊：

「小燕子！是我！是我……是永琪！是我啊……」

小燕子這才發現，握住自己的，竟然是永琪。她睜大眼睛，不敢相信的看著永琪，像是作夢一樣。吶吶的問：

『永琪？永琪？』四面看，就看到爾康、柳青、柳紅、蒙丹的臉。大家都圍著床，關切的，緊張的看著她，她驚喜交集，熱淚盈眶，高興得口齒不清了：『你們都在這兒？我……我……』

『小燕子，』爾康急急的問：『妳碰到什麼事了？怎麼全身都是傷？』

永琪用雙手把她的手緊緊的闔著，心痛而著急的說：

『小燕子！看著我！』就熱烈的盯著她：『妳安全了，不要怕，沒有人能夠傷害妳了！知道嗎？妳回到我們身邊了！』

小燕子痴痴的看著永琪，忽然有了真實感，一下子就撲進他懷裡，痛哭失聲了：

『永琪！你好壞……你害我被人欺負……害我差點死掉……哇！』

永琪緊緊的摟著她，覺得眼眶濕濕的，喉嚨梗著好大一個硬塊：

『是！我好壞，我知道！我已經罵死自己了！這幾天，我們找妳找得快發瘋……謝謝天，妳回來了！我再也不會勉強妳了！妳回來就好，回來就好……不要哭，什麼事都交給我們……天塌下來，讓我幫妳撐……』

大家都眼眶紅紅的，看著他們。

小燕子哭了一會兒，抬眼再看永琪。看著看著，越看越委屈，嗚嗚咽咽的說：

『你好狠心……我已經幾天没吃東西了，好不容易有烤鴨吃，你還要我先背詩……』一邊說，眼淚就滴滴答答往下掉：『那有這麼壞……不背詩，就不給我吃東西……』

永琪聽得糊裡糊塗，卻被她的衰弱和眼淚弄得心都碎了：

『那有這回事？不背詩不給妳東西吃？好好好……以後都不背詩，再也不背詩了！』

蒙丹聽出一些苗頭了，驚問：

『小燕子，妳幾天都没有吃東西嗎？是不是真的？』

小燕子拚命點頭。柳紅睜大眼睛說：

『怪不得妳這麼衰弱！還好，我們什麼吃的都現成！我去給妳弄吃的來！』

柳紅就急急的奔出去了。

『什麼？妳幾天都没有吃東西？』永琪一瞪眼睛，怒上眉梢：『怎麼可能？妳不是帶了錢走的嗎？到底，妳碰到什麼事情了？』

爾康拉了永琪一把。說：

『你不要急，看小燕子這個樣子，她這幾天，過得一定非常辛苦！她的故事，恐怕一言難盡。我們先讓她吃飽了，再洗一個澡，換上乾淨的衣服，再來聽她說！現在，她怎麼有力氣說呢？』

『對對對！讓她精神恢復一點，慢慢說！反正，是誰惹了她，是誰欺負了她，這人就死定了！』柳青義憤填膺。

片刻以後，小燕子已經梳洗乾淨，換了衣服，坐在桌子前面。桌上堆滿了食物，雞鴨魚肉，熱湯熱飯，應有盡有。小燕子好像餓了幾百年似的，筷子也不拿，就用雙手撕著烤鴨大吃特吃，吃得狼吞虎嚥，看得大家目瞪口呆。

『你不要吃那麼急，餓久了，應該要慢慢吃！先吃個饅頭比較好！』蒙丹說，殷勤的遞上饅頭。

『好像應該先喝一點湯！』永琪急忙盛了一碗湯給她：『來！喝一口湯！慢慢喝，別噎著了！』

『不！還是先吃一點清淡的！喝點小米粥！』柳紅盛了一碗粥給她。

『她喜歡吃烤鴨，吃一點也沒關係！』柳青撕了一隻鴨腿給她。

『還是先吃一點麵食比較好！喏！這是妳最愛吃的蒸餃！』爾康把蒸餃挾到她碗裡。

小燕子看著大家，見大家拚命給她添菜添飯，要她吃這個吃那個，想到陷在棋社的慘狀，心裡一個激動，放下筷子，伏在桌上，哇的一聲又哭了。大家急忙喊：

『怎麼了？怎麼了？又哭了？』

永琪心痛得快死掉，掏出手帕給她，又不住用手拍著她的背脊。啞聲的說：

『我知道妳受了好多委屈，受了好多苦！妳不要難過……居然幾天沒吃飯，簡直不可思議！無論是誰，讓妳受了這些委屈，我一定幫妳報仇！妳身上的每一個傷痕，我都要讓他十倍百倍的還回來！妳放心，我會讓他碎屍萬段！』

小燕子抽噎了一陣，抬起頭來，看著大家。問：

『紫薇呢？金瑣呢？』

『她們還不知道妳找到了，這些天，爲了找妳，已經弄得人仰馬翻。整個經過，我們再慢慢告訴妳！剛剛，是柳青到了我家，說是要見我！我正在長安街挨家挨户找妳，下人一說，我馬上猜到是妳有消息了，急忙找到五阿哥，趕到我家。見到柳青，我們就來不及回宮，先到這兒來看妳！』

『因爲我們上次扮作薩滿巫師進宮，很多人都認得我們，所以，爾康認爲會賓樓最好不要引人注意！怎麼找到妳的，我們等會兒再研究一個說法！』柳青補充著。

小燕子吃了東西，精神好多了，看著大家說：

『我被一家黑店坑了，那家店的老闆和老闆娘都會武功，夜裡，把我綁在廚房，白天要我做苦工，不做就打，我打不過他們，怎麼逃都逃不掉……』

永琪臉都綠了，恨恨的問：

『那家店叫什麼？』

『不知道是「幹車棋社」，還是「趕車棋社」！』

大家你看我，我看你。

『棋社？』永琪扼腕大嘆：『我們找了餐館、小吃店、食品店、旅館、酒樓、菜館、客棧……怎麼忘了棋社？』

『趕車棋社？這個棋社的名字怎麼這樣古怪？』爾康問。

永琪苦苦思索，忽然一拍桌子，跳了起來。

『我兩次經過那家棋社，根本沒有想到小燕子會陷在裡面！「翰軒棋社」！』

大家神態一凜，個個摩拳擦掌。

黃昏時分，杜老闆和那個母夜叉正帶著手下，在佈置被砸壞的棋社，準備重新開門做生意。忽然，『砰』的一聲，棋社大門飛裂而開。杜老闆和老闆娘一驚回頭。

只見小燕子手裡拿了一條九節鞭，攔門而立，陽光在她身後閃爍，她站在陽光的光圈中，像個復仇女神。嘴裡大叫：

『大公狼，大母狼！小燕子回來了！』

杜老闆看到小燕子，大喜。問：

『妳是不是想通了？回來當我的小老婆？我就說跟了我沒錯……』

杜老闆話沒說完，永琪、爾康、柳青、柳紅、蒙丹從小燕子身後，飛竄而出，直奔兩人面前，永琪劈手就給了杜老闆一個耳光。杜老闆要閃，身後，蒙丹一踹，杜老闆閃過蒙丹，閃不過永琪，被結結實實打了一記。

『你這個喪盡天良的混帳！你死期到了！』永琪喊著。

『那兒來的土匪，敢到這兒來撒野……』

老闆娘大叫，飛身而起，柳紅和柳青，一躍上前，堵死了她。柳青一陣連環拳，柳紅一陣連環踢，老闆娘武功高強，紛紛閃過，爾康拿了一根大棍子，橫地一掃，老闆娘跳起身子，躲過腳下的棍子，躲不過柳青柳紅的前後夾擊，柳青給她一掌。

「妳這個母夜叉，膽敢欺負小燕子，我要殺了妳！」柳青喊。

老闆娘肩上背上挨一掌，柳紅又直踢她的面門。

「我踢死妳！」

老闆娘急閃柳紅，就結結實實挨了爾康一棍。

「我要把妳宰了！剁成肉醬！」

老闆娘接連挨了好幾下，這才知道來人不弱。杜老闆大吼：

「小丫頭居然帶人來報仇！老太婆，拿出看家本領來，打呀！來人呀！來人呀……」

打手們一擁而入。兩路人馬就大打出手。一時之間，屋裡桌椅齊飛，剛剛才修好的桌子椅子，再度遭殃，全部碎裂。杜老闆夫婦，雖然武功高強，但是，爾康永琪，比他更強。一陣惡鬥之後，眾打手紛紛被擺平，哼哼唉唉的躺了一地。杜老闆夫婦極力奮戰，但已捉襟見肘，顧此失彼。

再一陣惡鬥，杜老闆和老闆娘已經打不過了，兩人躍到門口，想逃。大家那裡允許他們逃走，打的打，踢的踢，擋的擋……終於把夫婦二人制伏了。

爾康等人很有默契，故意要讓小燕子報仇，把杜老闆踢到小燕子腳前。蒙丹一腳踩住他的背，把他

死死的壓在地上。喊：

『小燕子！輪到妳了！』

小燕子舉起九節鞭，就狠狠的抽過去。一面抽，一面罵：

『打死你這個癩蝦蟆！打死你這個黑心鬼！我說過，我會把你切成一段一段，拿去餵狗！』

老闆娘接著被摔到小燕子腳前。小燕子舉起鞭子，劈哩叭啦打過去：

『大女王！大大女王！嚐嚐鞭子的味道！我打得妳臉蛋開花！』

杜老闆和老闆娘，這下嚐到滋味了，小燕子鞭鞭不留情，打得兩人唉唉叫喚。

『好了好了！我們認輸了！小燕子，就算我們錯了……』杜老闆求饒的說。

『小燕子的名字，你也敢叫！』永琪大怒，踩著杜老闆，死命一踩。

『哎喲！哎喲！好漢饒命啊！』杜老闆大叫。

爾康提高聲音問：

『還珠格格，這兩個犯人要怎麼處理？』

『還珠格格？』杜老闆大驚，睜大眼睛看小燕子：『這是還珠格格？』

『這個丫頭是個格格？』老闆娘也不可思議的問。

爾康很有氣勢的大聲一吼：

『還珠格格微服出巡，就是聽說你們在爲非作歹，存心來試探你們的！下棋是多麼風雅的事，你們

卻用來詐財行騙！格格來了，你們還不知道死期到了，居然膽敢把格格扣在店裡做苦工，打打罵罵，現在，你們要怎麼死，就看還珠格格怎麼發落！』

小燕子就聲音洪亮的喊道：

『先把他們綁起來！廚房裡有繩子！』

『是！』大家就大聲應道。

杜老闆和老闆娘相對一看。杜老闆不相信的說：

『你們是那條道上的？不要裝格格，裝大爺了！你們去打聽打聽，我「笑面虎杜大爺」的名號！招惹了我，你們會不得好死！』

『原來他還有名號！「笑面虎」？』永琪恨得牙癢癢。

小燕子一鞭子抽過去，嚷著：

『我把你打成「哭臉貓」！』就左右開弓，劈哩叭啦的抽過去，頓時，把杜老闆一張臉打得東一條西一道：『如果你不服氣，我還可以把你打成「哭臉鼠」、「哭臉癩蝦蟆」、「哭臉狼」、「哭臉毛毛蟲」……』

老闆娘看看情勢不對，就放聲大喊：

『救命啊……救命啊……有強盜土匪啊……救命啊……』

柳青柳紅已經找了繩子過來，大家就把兩人綁得結結實實。

老闆娘殺豬似的大喊：

『強盜殺人啊！救命啊……土匪搶劫啊……救命啊……』

小燕子對著老闆娘的臉，幾鞭子抽過去：

『我把妳打成「哭臉母夜叉」、「哭臉母大蟲」、「哭臉老母狼」……』

這樣一陣大叫和大鬧，終於把外面搜人的官兵引進門來。大批的侍衛衝了進來，一陣『欽鈴哐啷』，長劍出鞘：

『那個是強盜？官兵在此，趕快投降！』

永琪大聲一吼：

『看看清楚，我在這裡！』

衆侍衛抬頭一看，大驚，全部跪落地。齊聲喊著：

『五阿哥吉祥！福大爺吉祥！還珠格格吉祥！』

老闆娘和杜老闆這一下嚇傻了，彼此互看，臉色慘變。

爾康就有力的交代：

『你們趕快把這個棋社每間房間都搜一遍！格格有個包袱，看看在不在這家黑店裡？其他的人，去報請巡城御使李大人，要他立刻過來！』

『喳！』

侍衛們立刻行動，進房的進房，出房的出房。

没多久，小燕子的包袱找到了，御使李大人也趕來了。杜老闆和老闆娘，這才明白，自己是真正的栽了。李大人恭敬的向永琪、小燕子、爾康行禮。

『卑職李宗裕失查，讓管轄地區有這等不法之徒，請五阿哥，還珠格格，福大爺海涵！兩個人犯，要如何處置？請明示！』

永琪看小燕子：

『還珠格格，妳要如何處置他們？』

小燕子想了想，語氣鏗然的說：

『我要砍他們的頭，滅他們的九族，把他們五馬分屍！』

杜老闆和老闆娘嚇得屁滾尿流，拚命磕頭。喊著：

『格格饒命！格格饒命！』

『在砍頭以前，還要他們做一件事！』小燕子轉著眼珠：『這兒是棋社，他們居然讓下棋變成犯罪，太氣人了！我要讓他們兩個，一人吃一盒棋子！馬上執行！』

杜老闆和老闆娘大驚，磕頭如搗蒜。兩人不住口的哀求著：

『格格高抬貴手啊！那個棋子都是石頭做的，吃不得！』杜老闆哭喪著臉說。

『格格女王！格格女大王！我們有眼不識泰山，多多得罪了，我給您磕頭了！』

老闆娘不住磕頭。

衆侍衛早已把棋子拿來。小燕子又叫：

『等一下！』

小燕子就跑進廚房裡，提了一桶黑糊糊的髒水來，把兩盒黑白棋子，倒在髒水裡，用棍子攪拌了一下，說：

『杜老闆，老闆娘！奴婢給您兩位老人家，做了一桶「黑白棋子污水湯」，就請您兩位老人家連湯帶料喝下去！』

夫妻二人慘叫出聲。杜老闆没命的嚷：

『格格救命啊……小人是癩蝦蟆，是黑心鬼，是大公狼……格格高抬貴手啊……小人給您磕頭！請您用那個鞭子，抽我們幾百鞭都没關係，把我們變成「哭臉癩蝦蟆」也没關係，只要不喝那個「黑白棋子湯」……』

老闆娘更是磕頭如搗蒜：

『格格女王！格格女大王……妳大人不計小人過，饒命啊……饒命啊……這個什麼湯……吃不得啊……母大蟲給您磕頭了……』

『你們黑白不分，給我吃餿水！』小燕子厲聲喊：『現在，你們非吃這個「黑白棋子污水湯」不可！』

永琪就大聲一吼：

『格格要他們吃，就吃！馬上執行！』

於是，侍衛們就掰開兩人的嘴，強迫的灌『污水棋子湯』。兩人那裡吃得下去，又咳又嗆又嘔又吐又叫。

爾康看看已經鬧得差不多了，和永琪相對看了一眼，就對李大人說道：

『好了！吃夠了！人犯交給你，先把他們關起來，查明犯了多少案子，再回報！他們扣押格格，已經是死罪一條！你們務必把人犯看管好，等聖上發落！』

『是！是！卑職遵命！』

小燕子這才拿起自己的包袱，抬頭挺胸，揚眉吐氣。和爾康、永琪、柳青、柳紅、蒙丹一起出門去。

當小燕子回到漱芳齋，整個漱芳齋就樂翻了。

小鄧子、小卓子看到小燕子，喜出望外，歡聲大叫：

『格格回來了！格格回來了！』小卓子不知道是該去迎接小燕子好，還是去報告紫薇好，一會兒跑向小燕子，一會兒跑向屋裡，鬧了個跑前跑後，手足無措。

小鄧子急忙唸佛：

「上有天，下有地，天靈靈，地靈靈，菩薩保佑……格格回家了！」就奔到小燕子面前，噗通跪落地。歡喜如狂的喊：

「小鄧子給格格磕頭，格格，您可回來了！」

小燕子好感動，喉嚨啞啞的吼了一聲：

「不是說過，不許磕頭嗎？」

「是是是！那……我給老天磕頭！」小鄧子說，就轉了一個方向，高舉雙手，再匍伏地上，大喊：

「謝謝老天！謝謝菩薩！謝謝各方神靈！保佑我們的格格平安回家……」

紫薇、含香、金瑣、明月、彩霞聽到聲音，全部奔了出來。頓時之間，院子裡響起一片尖叫聲：

「小燕子……小燕子……小燕子……」

「格格……格格……格格……」

大家一邊喊著，一邊奔向小燕子。

小燕子看到大家這樣的熱情，情緒激動，再看到紫薇，悲從中來，奔上前去，一把抱住紫薇，抱得緊緊的。含淚說：

「紫薇！我以爲這一輩子，再也見不到妳了！」

紫薇眼淚奪眶而出，搥著小燕子：

「妳還說呢？我氣死妳了！恨死妳了……」

小燕子渾身是傷，被紫薇這樣一打，痛得齜牙咧嘴。直叫：

『哎喲哎喲，別打我……好痛！好痛……』

紫薇趕緊放開小燕子，驚看她，才發現她臉上都是傷痕。驚訝得一塌糊塗。

『小燕子！是誰傷了妳？怎麼回事？』

永琪心痛的喊：

『大家趕快進屋說話！紫薇，金瑣，妳們別碰她，她全身都是傷……』

『都是傷？』含香回頭就跑：『我去寶月樓拿凝香丸！』

小燕子一把抓住含香。說：

『妳那個救命的藥，留著以後有需要的時候再用！我那有那麼嚴重？』

明月、彩霞、金瑣都好驚訝，急忙上前扶著小燕子，關心得不得了。

『誰敢傷到格格，他吃了熊心豹子膽嗎？』

『趕快進去！小鄧子、小卓子，宣太醫過來看看！』金瑣喊。

爾康就上前一步，對紫薇說：

『小燕子交給妳們了，我去給皇上覆命！』

永琪回頭看爾康。問：

『要不要我和你一起去見皇阿瑪？』

爾康推了他一下，對小燕子的方向看了一眼，低聲說：

『你還是待在漱芳齋吧！她雖然回來了，身心上，都受了好多傷害，你恐怕要費點心，好好安慰她一下！皇上那兒，我就說，我們搜到棋社，把她找到了！』

永琪點點頭。大家已經簇擁著小燕子進房去，永琪就急急的跟進去了。

進了大廳，大家攙扶著小燕子。金瑣、明月、彩霞搬椅子的搬椅子，絞帕子的絞帕子，拿靠墊的拿靠墊……小心翼翼的把小燕子扶坐在椅子上。小燕子不安的說：

『妳們不要這樣，我那有這麼嬌弱？剛剛還打了一架……打架的時候，所有的痛都忘了，打得好過癮！』

『怎麼會受傷呢？難道妳一出去，就跟人打架了？』紫薇問。

『可不是！這次碰到一個公夜叉和一個母夜叉，我打不過他們，被他們欺負得好慘！不過，爾康、永琪和柳青他們，已經幫我報仇了！』就看著含香：『還有我師父，把那兩個夜叉打得落花流水！』

提到蒙丹，含香心中一痛。

『妳以後再也不可以這樣了！妳弄得全身是傷，我們也弄得好痛苦，每個人都像熱鍋上的螞蟻，快要烤焦了！』紫薇眼圈紅紅的說。

金瑣端了一杯茶過來，也是眼圈紅紅的：

『小燕子，這些天，小姐幾乎天天都在掉眼淚，埋怨自己沒把妳看好，沒有安慰妳，沒有留住妳

……夜裡也不肯睡覺，只要有個風吹草動，就跳起身子喊：「小燕子回來了！」每天每夜，開門關門就鬧個不停！每次開了門，看不到妳，就回到房裡去傷心……妳都不知道！』

小燕子感動得唏哩嘩啦，緊緊的抓住紫薇的手：

『對不起，紫薇，我不是跟妳生氣……』說著，瞄了永琪一眼，永琪就對著她深深一揖。小燕子還想矯情，故意轉過頭去，看著金瑣說：『金瑣，妳不知道我有多慘，被那兩個夜叉抓起來，每天做苦工，沒東西吃，餓得我頭昏眼花。有天，嘴裡叼了一個窩窩頭，還要擦地，心裡就想著妳給我做的蓮子銀耳湯，一不小心，窩窩頭掉到擦地的髒水裡，當時，我都哭了，恨不得從髒水裡撈起來吃！』

大家眼睛瞪得好大好大。

『有這種事？』金瑣不信的問。

小燕子痛定思痛，拚命點頭。永琪聽得心都碎了，怔怔的看著她。

『我夜裡作夢，都夢到你們叫我吃東西，可是，我要吃的時候，大家都要我先背詩，背了詩，才可以吃……』

紫薇好心痛，把她的手緊緊一握。

『再也不會發生這樣的事了！永遠也不會發生這樣的事了……』說著，就抬頭看永琪：『是不是？五阿哥？』

永琪再也忍不住了，走上前去，一把握住小燕子的手。

『小燕子！我們去臥房，我要單獨跟妳談一談！』

永琪就不由分說的，把小燕子拉進臥室去了。

進了臥室，永琪把房門一關，跑過來，雙手抓住小燕子的手。

小燕子好幽怨的看著他，眼神是可憐兮兮的。

永琪就把她的手，放在自己的胸口。盯著她，誠摯已極的，一本正經的說：

『我用我的生命，我死去的額娘來跟妳發誓，我再也不勉強妳做任何事情！從此，不要背詩，不要學成語，不要做功課……妳不喜歡做的事，我們都不要做！只請求妳，再也不要離開我！前不見古人，沒關係！後不見來者，管他的！眼前沒有妳，我就完了！』

小燕子眼淚一掉，撲進了永琪懷裡。哽咽的說：

『我知道我不夠好，學什麼都學不會，我好笨！我……』

『妳不笨，是我笨！是我笨！』永琪啞聲的打斷她，扶起她的頭，看著她：『讓我告訴妳：陳子昂，李白，杜甫，白居易，孟浩然……他們加起來，也沒有妳的份量！他們寫下了再偉大的詩篇，都不會讓我感到這麼深刻的痛楚……妳，勝過千千萬萬的詩，千千萬萬的成語，千千萬萬的至理名言……妳超越了一切！』

小燕子一瞬也不瞬的看著他，屏息的說：

『你說得好好聽，我覺得有點飄飄然了！你的話都是真心的？』

『如果我不是真心的，讓我被天打雷劈！』

小燕子笑了，豪氣的一摔頭：

『好！爲了你這幾句話，我下定決心，要爲你學詩，學成語！要成爲你的驕傲！』

永琪拚命搖頭：

『妳不必！妳已經是我的驕傲了！』

『可是……我還是要顧全你的身份，你是阿哥，你有你的地位，包袱……』

『這是誰說的混帳話？』永琪粗聲的問。

『你說的！』小燕子楞了楞。

『我們不要理那個莫名其妙的人！說那些混帳話的人，已經不存在了！現在，站在妳面前的，是一個全新的永琪！一個會爲妳的立場去想，會爲妳的興趣去想，懂得尊敬妳，欣賞妳，憐惜妳的男人！』

小燕子太感動了，一瞬也不瞬的看著永琪。然後，她就撲進他懷中，緊緊的抱住了他。把臉頰埋進他的肩窩裡。低低的，熱情的，承諾的說：

『我也要爲你，做一個全新的小燕子！君子一言，八馬難追！』想想，覺得還不夠，就爽氣的說：

『再加九個香爐！』

『是駟馬……』永琪習慣性的想更正她。

『什麼？』

永琪笑了，擁著她，說：

『我發誓不再要求妳了，不管是新的妳，還是舊的妳，我都會好好的珍惜！君子一言，八馬難追！再加九個香爐！』

國家圖書館出版品預行編目資料

還珠格格第二部五之二生死相許／瓊瑤著·
··初版··臺北市；皇冠，1999【民88】
面；公分，··（皇冠叢書；第2922種）
〔瓊瑤全集；58〕
ISBN 957-33-1621-8（平裝）

857.7　　88003002

皇冠叢書第2922種
瓊瑤全集58

還珠格格 第二部 五之二 生死相許

作　者—瓊瑤
發行人—平鑫濤
出版發行—皇冠文化出版有限公司
台北市敦化北路120巷50號
電話◎2716-8888
郵撥帳號◎1526151～6號
香港星馬—皇冠出版社(香港)有限公司
總代理　香港灣仔駱克道126-128號22樓
電話◎2529-1778　傳真◎2527-0904
執行主編—盧春旭
責任編輯—金文蕙
美術設計—宋慧紛
校　對—鮑秀珍·孟繁珍·何錦雲·徐惠蓉
著作完成日期—1998年2月
初版一刷日期—1999年4月

法律顧問—蕭雄淋律師、王惠光律師

讀者服務傳真專線◎02-27150507
讀者服務e-mail:service@crown.com.tw
電腦編號◎000058
國際書碼◎ISBN 957-33-1621-8
Printed in Taiwan
本書定價◎新台幣180元／港幣55元